VAS-Y !
IBUKI !
SALIS PAS NOTRE NOM.
SINON, JE TE DÉFONCE.
KNIGHT

TAP
TAP
J'AI PAS PU TI-RER...
AU MO-MENT CRU-CIAL.
POURQUOI ? JE PENSAIS ÊTRE PRÊTE.
EN TEMPS NOR-MAL...
J'AURAIS JAMAIS LAISSÉ UN TYPE COMME LUI ME MANQUER DE RESPECT !
ET C'EST PAS LE SEUL PROBLÈME !
COMMENT IL A PU SURVIVRE À TOUS MES ASSASSINS ?
PFFF
AU REVOIR...
MON PREMIER AMOUR.

ARRÊTE DE JOUER AUX POETES !
FRASH
GYAH ?!
UN FANTÔME !
JE SUIS PAS MORT, ABRUTIE !
BREF, ON S'EN FICHE !
TU VAS ME SUIVRE !
SBAM
HEIN ?

TE VOILÀ...
ARAKUNI IBUKI.
PA...
PAPA ?!
ARAKUNI M'A TOUT RACONTÉ, MASACHIKA.
CLAC
TU AS OSÉ...
T'EN PRENDRE À HONEKO.

MAIS NON !
C'EST FAUX, J'AI RIEN FAIT DU TOUT !
JE SAIS !
T'AS QU'À REGARDER LES VIDÉOS DE SURVEILLANCE DU LYCÉE !
TU VERRAS, J'APPARAIS PAS DU TOUT DESSUS !
COMMENT TU SAIS QU'ON A MIS CES CAMÉRAS ?
DODOM
J'AI POURTANT ÉTÉ CLAIR.
C'EST PAS FAUTE DE L'AVOIR DIT HAUT ET FORT DEVANT VOUS TOUS.
JE N'AI AUCUNE INTENTION DE LÉGUER LE GROUPE À HONEKO.
C'EST POURQUOI JE VOUS AI DIT DE LA LAISSER EN DEHORS DE ÇA.
ENFIN...
RENDONS-NOUS À L'ÉVIDENCE, PLUS PERSONNE NE M'ÉCOUTE.
CHEF !
TAP
JE VOUS REFAIS LA MÊME DEMANDE QU'AU TÉLÉPHONE.

EXPULSEZ MASA-CHIKA JINGÛ...
DE VOTRE CLAN !
!
STAP
POUR QUI TU TE PRENDS ?!
TU VEUX CREVER ?!
CLAC
SI ON LUI ENLÈVE LA POSSIBILITÉ DE SUCCÉDER AU CHEF...
ELLE AURA PLUS DE RAISON DE VOULOIR LA PEAU D'AKABANE.
ELLE ARRÊTERA DE LUI ENVOYER DES TUEURS...

ET AKABANE POURRA FINIR L'ANNÉE EN VIE.
MAIS VOUS Y AVIEZ DÉJÀ PENSÉ, JE PARIE !
VIENS PAR LÀ, GAMIN !
Z'AVEZ JUSTE PAS LE CRAN DE LE FAIRE !
C'EST QU'IL EST FORT, CE GOSSE !
L'ÉCOUTE PAS, PAPA !
QUE DEVIENDRA LE CLAN, SANS MOI ?!
CLAC
HEIN ?!
BANG
PLUS RIEN SERA PAREIL !
AÏE AÏE AÏE !
ON S'EN TAPE.
TANT MIEUX, SI LE CLAN CHANGE !
JE SERAIS MÊME PRÊT À LE DÉTRUIRE TOUT ENTIER ICI ET MAINTENANT...
FTAP

SI C'ÉTAIT NÉCESSAIRE...
POUR PROTÉGER AKABANE !
HAA...
T'ES UN SACRÉ NUMÉRO !
ON MANQUE DE FORTES TÊTES COMME TOI DANS LE CLAN.
T'AS RAISON.
AIMER SON ENFANT, C'EST AUSSI...
SAVOIR LE LAISSER PARTIR.

NON !
PAN !
FLOP
HÉ...
JE T'AI JAMAIS DIT DE LA BUTER !
CRE-VURE !
TIENS LE COUP !
HÉ !
IDIOT, REGARDE-LA BIEN.
HEIN ?
GH...

C'EST PAS UNE BALLE, MAIS NOTRE INSIGNE.
MASA-CHIKA...
JE TE BANNIS DU CLAN.
JE NE VEUX PLUS JAMAIS TE REVOIR.
PA...
PAPA...

JE N'AI PLUS DE FILLE.
PLUS UNE SEULE.
TAC
TAC
CRiiic
NON...
J'Y CROIS PAS...
JE SUIS TOUJOURS TA FILLE...
JE DOIS PRENDRE LA TÊTE DU CLAN...
PAS VRAi ?
C'EST PAS POS-SiBLE !
ELLE DEVRAIT PLUS ÊTRE UNE MENACE...
ET SA HAINE SE REPORTERA SUR MOI.
C'EST TA FAUTE...
SBAF

PAF
PAF
MON VIEUX M'A JETÉE !
J'AI PLUS DE MAISON !
OUIIIIIIN
PLUS DE BOULOT !
IL VA BLOQUER MA CARTE !
PAF
ET TOUT ÇA, C'EST DE TA FAUTE !
ELLE…
ELLE CHIALE ?!
FTAP
HÉ, REPRENDS-TOI !
TOUT ÇA, C'EST QUE DU BLA-BLA !
VOUS AUREZ BEAU VOUS ÉLOIGNER…
LA FAMILLE, C'EST POUR LA VIE.

HOU...
BOUH...
LA FERME !
RÉPARE TES CONNERIES !
FLOP
JE T'AIME !
ÉPOUSE-MOI !
BOUHOUUU...
ELLE A COMPLÈTEMENT CRAQUÉ !
JE CROYAIS M'ÊTRE ENFIN DÉBARRASSÉ D'ELLE...
MAIS LÀ, JE SAIS PLUS DU TOUT QUOI FAIRE.
RAH, C'EST BON, J'AI COMPRIS !
FTAP
T'AS QU'À...
VENIR CHEZ MOI.
QUOI ?

LE LENDEMAIN.
WI WI
PERMETTEZ-MOI DE ME PRÉSENTER !
WI
KI
JE ME NOMME MASACHIKA JINGÛ !
JE VOUS PRIE D'AGRÉER MES SALUTATIONS DISTINGUÉES !
VOUS AVEZ TOUTE MA RECONNAISSANCE POUR VOTRE ACCUEIL !
FRSH
FRSH
MONSIEUR !
DAM
HEIN ? QUE...
VOILÀ UN GÂTEAU DE LA BOULANGERIE "KÔDAN", POUR VOUS !
VEUILLEZ ACCEPTER CE PRÉSENT !
KÔDAN
PSST
PSST
C'EST QUOI, CETTE HISTOIRE ?

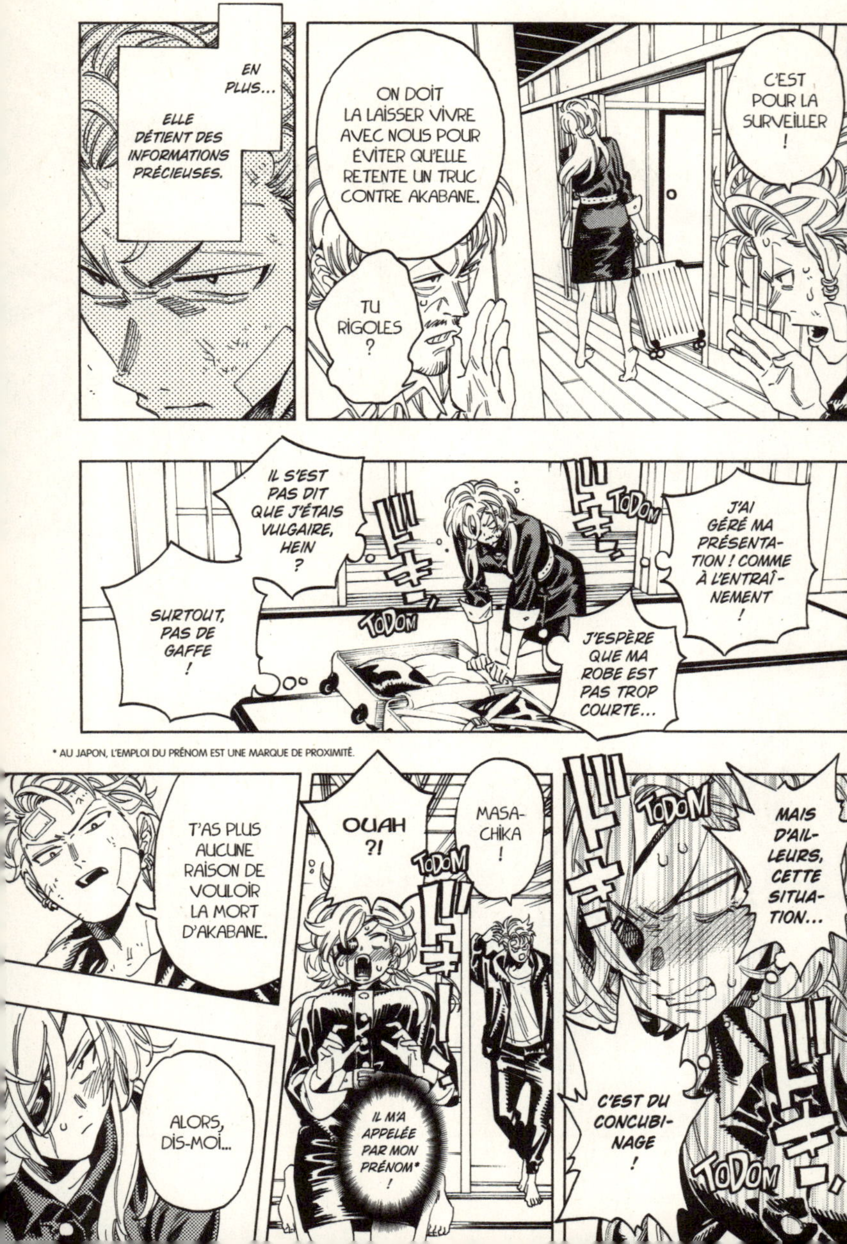

* AU JAPON, L'EMPLOI DU PRÉNOM EST UNE MARQUE DE PROXIMITÉ.

QUI EST LE TRAÎTRE DE LA TERMINALE 4 ?
AH... OK...
JE VAIS TE LE DIRE.

Chapitre 7 : Le traître de la terminale 4

どよ
DOOOM
ん...
HÉ !
C'EST QUOI, CETTE RÉACTION ?
CACHEZ VOTRE JOIE, SURTOUT !
ON T'A UN PEU SERVI DE TREMPLIN, SI ON RÉSUME.
NON MAIS...
T'ACCAPARE PAS TOUT LE FUN, LE BLEU !
MAIS ENFIN... JE CROYAIS QUE VOUS M'AVIEZ ACCEPTÉ...
ÇA N'A RIEN À VOIR !
FTT
ALLEZ, ON SE RENTRE !
C'EST PAS LA LOI DE LA JUNGLE, ICI !
IBUKI, J'Y CROIS PAS...
EN TOUT CAS T'ES DÉTER, JE VEUX BIEN L'ADMETTRE.
POF
DING
DONG
DANG
DONG

BON...
GNIP
AU MOINS, LA MENACE DES ASSASSINS EST ÉCARTÉE !
MAINTENANT...
IL ME RESTE PLUS QU'À DÉBUSQUER LE TRAÎTRE !
REGARDE ÇA, IBUKI.
LE PREMIER MESSAGE QUE J'AI REÇU DE SA PART DATE D'IL Y A TROIS MOIS.
C'EST COMME ÇA QUE J'AI APPRIS L'EXISTENCE D'AKABANE.
IL RÉPOND JAMAIS À MES MESSAGES, MAIS TOUTES SES INFORMATIONS SE SONT AVÉRÉES.
ET, SURTOUT, QUAND J'AI VU CELUI-LÀ...
SES INTENTIONS SONT DEVENUES TRÈS CLAIRES.
06:40
Tout est de la faute de Honeko Akabane
C'EST QUOI... CE DÉLIRE ?!
QUI EST CE MALADE ?!
JE VAIS TE LE DIRE.
LE NOM DU TRAÎTRE EST...

SUMIHIKO.
FRSH
VIENS, ON S'OC-CUPE DE PROTÉGER AKABANE...
TOUS LES DEUX, AUJOUR-D'HUI.
...
AVEC PLAISIR.
ON NE SAIT PAS CE QUI PEUT ARRIVER, APRÈS TOUT.
SUMIHIKO SOMEJIMA, LE CERVEAU DE LA TER-MINALE 4.
CLAC
IL A CONFIÉ DES MISSIONS CAPITALES AU DÉBUTANT QUE JE SUIS.
S'IL A FAIT ÇA POUR PERMETTRE AUX TUEURS D'ARRIVER À LEURS FINS...
GNN

JE LE LUI FERAI PAYER !
FWOOO
LA PROTECTION D'AKABANE EST UN TRAVAIL SANS RELÂCHE, 24 HEURES SUR 24.
TAP
SUR LE CHEMIN DE L'ÉCOLE…
CHEZ ELLE…
ET MÊME PENDANT SES VACANCES.
ET CE SERA COMME ÇA JUSQU'AU DIPLÔME.
FWISH
AUJOURD'HUI, ON VEILLE SUR ELLE SUR LE RETOUR DE L'ÉCOLE.
SI ELLE NE FAIT PAS DE DÉTOUR, ON SERA VITE ARRIVÉS…

Station?
I'll take you.
T'EN FAIS PAS, ON VA CHERCHER TA MAMAN ENSEMBLE.
SNIF
JE VAIS VOUS AIDER À PORTER ÇA !
ILS NOUS ONT OFFERT DES CRÊPES !
COMME D'HABITUDE.
ELLE FAIT QUE ÇA, DES DÉTOURS !
AVEC LES TUEURS ÉCARTÉS, ÇA VA ÊTRE PLUS CALME.
PARFAIT.
R.A.S. ICI AUSSI.
R.A.S. AUX ALENTOURS !

BON, ARAKUNI.
TU AS QUELQUE CHOSE À ME DIRE, NON ?
ÇA SE VOIT À TA TÊTE.
GLOUPS
ÇA FAIT LONGTEMPS QUE TU CONNAIS LES AUTRES MEMBRES DE LA CLASSE ?
OH OUI !
ÇA DOIT FAIRE DIX ANS.
"DI... DIX ANS" ?!
CE SONT MES AMIS D'ENFANCE, COMME AKABANE POUR TOI.
ENFIN, NON, PAS TOUT À FAIT...
C'EST MA FAMILLE.
MAIS C'EST GÊNANT, ALORS GARDE ÇA POUR TOI.
DANS CE CAS...
POURQUOI T'AS PAS L'AIR DE T'EN VOULOIR ?
POURQUOI TU FAIS COMME SI DE RIEN N'ÉTAIT ?

COMMENT T'AS PU ?!
TU LES AS TOUS TRAHIS !
MINCE.
GRIP
JE SUIS DÉMASQUÉ.
IL NIE PAS ! C'EST LUI !
FTAP
"T'ES LE SEUL À POUVOIR AGIR."
LA CONFIANCE QU'IL M'ACCORDAIT AUSSI ÉTAIT FAUSSE !
C'EST VRAIMENT LUI, LE TRAÎTRE !
SUMIHIKO !
QUI EST AKABANE POUR TOI ?

HAAA...
POF
POF
POUR TE DONNER UNE IDÉE, JE ME FICHE PAS MAL...
TAC
DE SI...
ELLE MEURT...
FRSH
TUÉE PAR DES ASSASSINS OU AUTRE.
TAC
EN GROS...
J'EN AI RIEN À CARRER D'ELLE.
ET ALORS ? QU'EST-CE QUE TU VAS FAIRE ?
ME PENDRE SUR LA PLACE PUBLIQUE ?
JE VAIS COMMENCER PAR UN PAIN DANS TA TRONCHE !
PUIS, JE VAIS TE TRAÎNER CHEZ LE CHEF...
ET TU DEVRAS T'EXCUSER !
TU PRENDRAS TES RESPONSABILITÉS !
PFF !

SBAM
T'ES VRAIMENT TROP GENTIL, ARAKUNI.
GAH
?!
DÉSOLÉ.
VROOOM
FLOP
J'AI PAS LE TEMPS DE DISCUTER AVEC TOI.
REGARDE, ILS SONT VENUS TE CHERCHER.
SCRITCH
FWOOO
CLAC
L'IN-SIGNE...
DU CLAN...
JINGÛ...
AH!

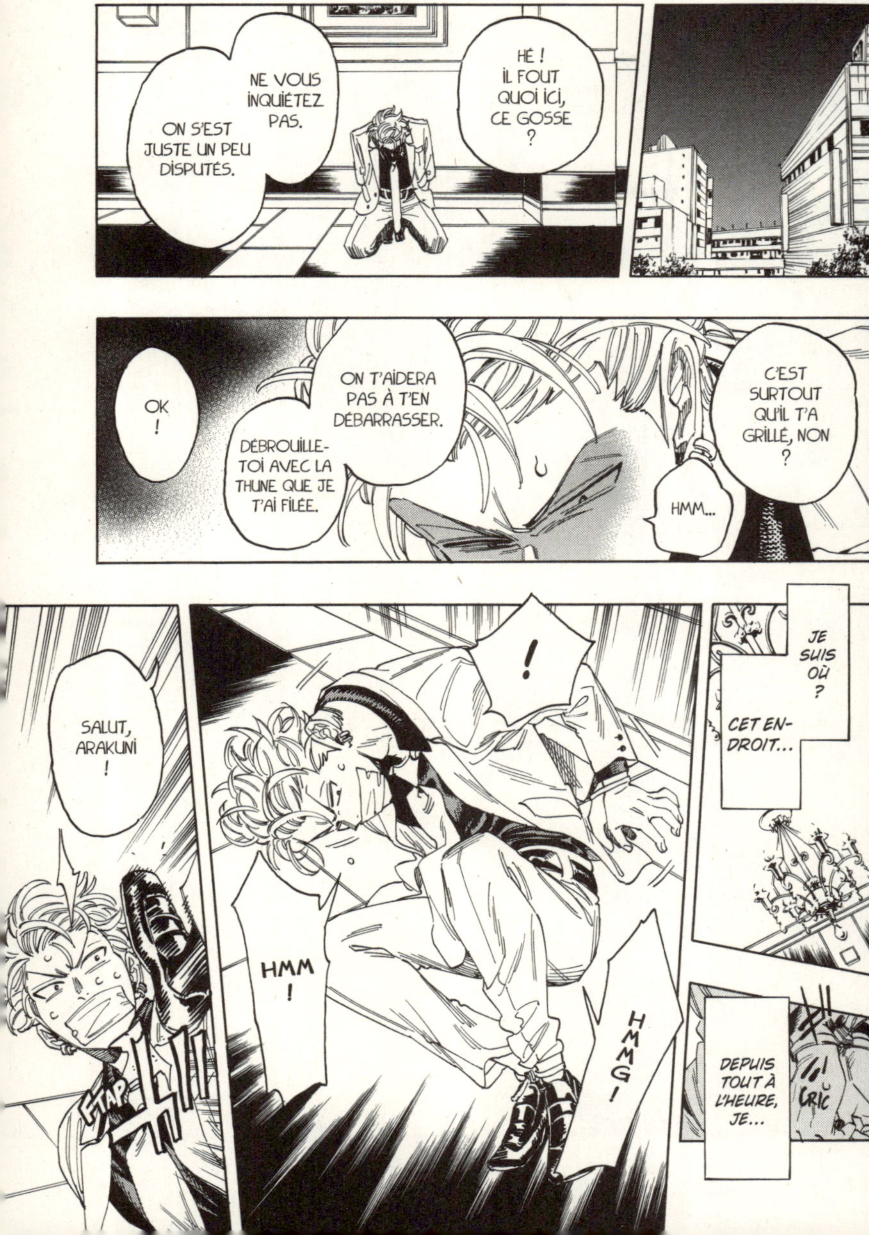
HÉ ! IL FOUT QUOI ICI, CE GOSSE ?
NE VOUS INQUIÉTEZ PAS.
ON S'EST JUSTE UN PEU DISPUTÉS.
C'EST SURTOUT QU'IL T'A GRILLÉ, NON ?
HMM...
ON T'AIDERA PAS À T'EN DÉBARRASSER.
DÉBROUILLE-TOI AVEC LA THUNE QUE JE T'AI FILÉE.
OK !
JE SUIS OÙ ?
CET ENDROIT...
DEPUIS TOUT À L'HEURE, JE...
CRIC
!
HMMG !
HMM !
SALUT, ARAKUNI !
FTAP

BIENVENUE EN ENFER !
JE PLAISANTE.
JE SUIS DANS LEUR REPAIRE ?
ET OÙ EST LA FAMEUSE AKABANE ?
ELLE FAIT UNE SORTIE AVEC SA MEILLEURE AMIE SUR UN COUP DE TÊTE.
HA HA HA !
ELLE A VRAIMENT AUCUNE IDÉE DU MERDIER DANS LEQUEL ELLE EST !
QUI SONT LES HOMMES DERRIÈRE VOUS ?

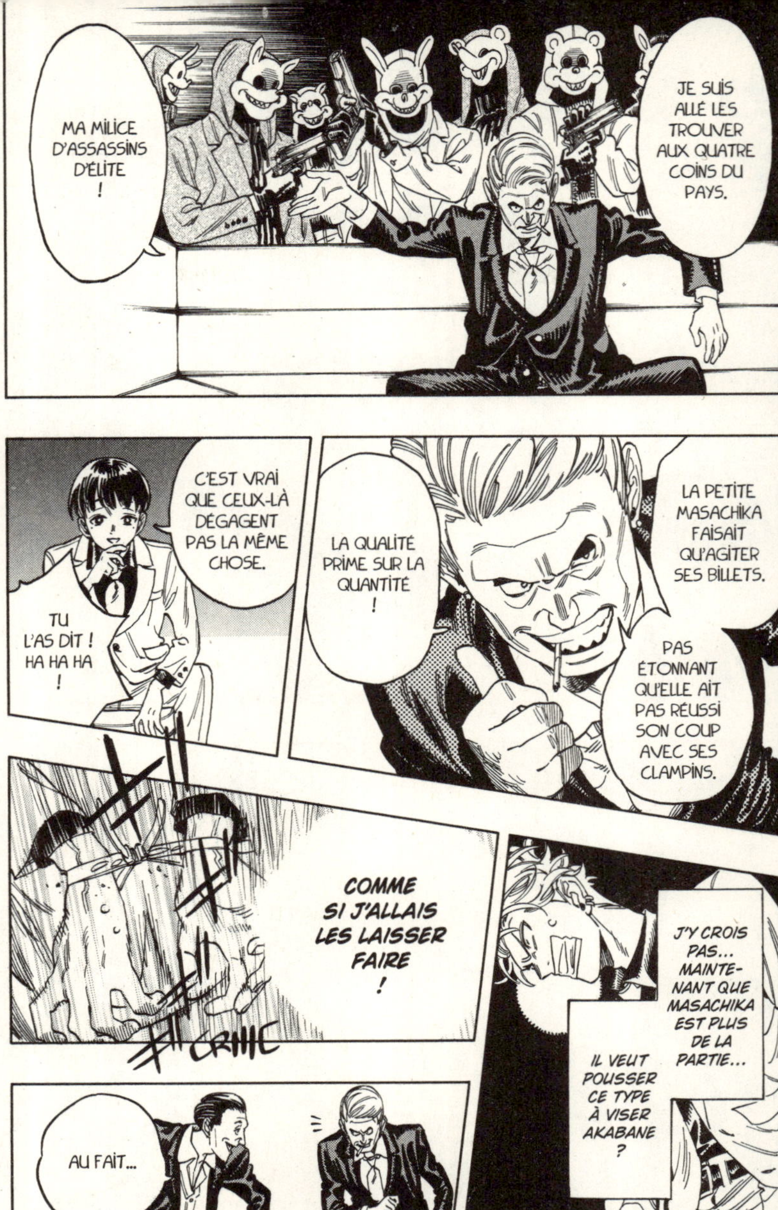
JE SUIS ALLÉ LES TROUVER AUX QUATRE COINS DU PAYS.
MA MILICE D'ASSASSINS D'ÉLITE !
LA PETITE MASACHIKA FAISAIT QU'AGITER SES BILLETS.
PAS ÉTONNANT QU'ELLE AIT PAS RÉUSSI SON COUP AVEC SES CLAMPINS.
LA QUALITÉ PRIME SUR LA QUANTITÉ !
C'EST VRAI QUE CEUX-LÀ DÉGAGENT PAS LA MÊME CHOSE.
TU L'AS DIT ! HA HA HA !
J'Y CROIS PAS... MAINTE-NANT QUE MASACHIKA EST PLUS DE LA PARTIE...
IL VEUT POUSSER CE TYPE À VISER AKABANE ?
COMME SI J'ALLAIS LES LAISSER FAIRE !
CRIIIC
AU FAIT...

C'EST QUI, CE GARS ?
BAH ALORS ?
C'EST L'INFORMATEUR QUE T'AS EMBAUCHÉ, BIEN SÛR !
CELUI QUI S'EST INFILTRÉ À SÔSÔJI.
HEIN ? NON...
J'AI BIEN EMBAUCHÉ UN INFORMATEUR...
MAIS C'EST UN MEC DE LA CINQUANTAINE, RIEN À VOIR AVEC...
AH, OUI...

VOUS PARLEZ DE CE TYPE ?
EN FAIT, QUAND J'AI APPRIS QU'UN NOUVEAU PROF ARRI-VAIT...
JE SUIS ALLÉ LE SALUER, NATUREL-LEMENT.
ET C'EST LÀ QU'IL M'A GENTIMENT DIT QU'IL ALLAIT VOUS RETROUVER DANS LA RUELLE DE TOUT À L'HEURE.
VOILÀ.
VOUS SAVEZ TOUT...
CHERS MEMBRES DE LA DIVISION OGAMI DU CLAN JINGÛ.

SBAM
IL A RÉUSSI À ENLEVER SES LIENS !
CE SALE MÔME...
QUE...

BAH, JE M'Y ATTENDAIS !
JE ME DISAIS MÊME QU'IL COMMEN-ÇAIT À ÊTRE TEMPS.
BON SANG...
VOUS ÊTES LES GARDES DU CORPS D'AKABANE ?!
JE CAPTE PLUS, LÀ.
VOUS BOSSIEZ PAS ENSEMBLE ?
OH NON, QUELLE IDÉE !
COMMENT ÇA "QUELLE IDÉE" ? T'ES LE TRAÎTRE !
C'EST TOI QUI AS FAIT FUITER L'EXISTENCE D'AKABANE ET POUSSÉ MASACHIKA À VOULOIR SA MORT !
DE QUOI TU PARLES ?
CE QUE JE DISAIS, C'EST JUSTE QUE JE SUIS LE CERVEAU, MAIS AUSSI LE GARANT DE LA TERMINALE 4...
ET, EN TANT QUE TEL, JE REFUSE DE PROTÉGER AKABANE AU PRIX DE LEURS VIES.
TOUT LE MONDE SE DONNE À FOND, POURTANT.
ALORS, OUI...
ON PEUT DIRE QUE JE LES TRAHIS, EN PENSANT AINSI.
C'ÉTAIT DANS CE SENS-LÀ QU'IL LE DISAIT ?!

GRRR
ET TU POUVAIS PAS ÊTRE PLUS CLAIR AVANT ?!
JE ME TROUVAIS CLAIR, MOI.
NON, ATTENDS.
C'ÉTAIT QUOI, CES MESSAGES, ALORS ?
T'AS MÊME DONNÉ TON NOM DEDANS !
C'EST QUOI, CETTE HISTOIRE ?
N'IMPORTE QUI PEUT PRÉTENDRE ÊTRE MOI PAR MESSAGE.
C'ÉTAIT...
QU'UN GROS MYTHO ?!
GOOOO
BRR
GH...
BRR
JE ME SUIS COMPLÈTEMENT FAIT ROULER...
JE CROYAIS VRAIMENT QUE...
TU...
SBAF

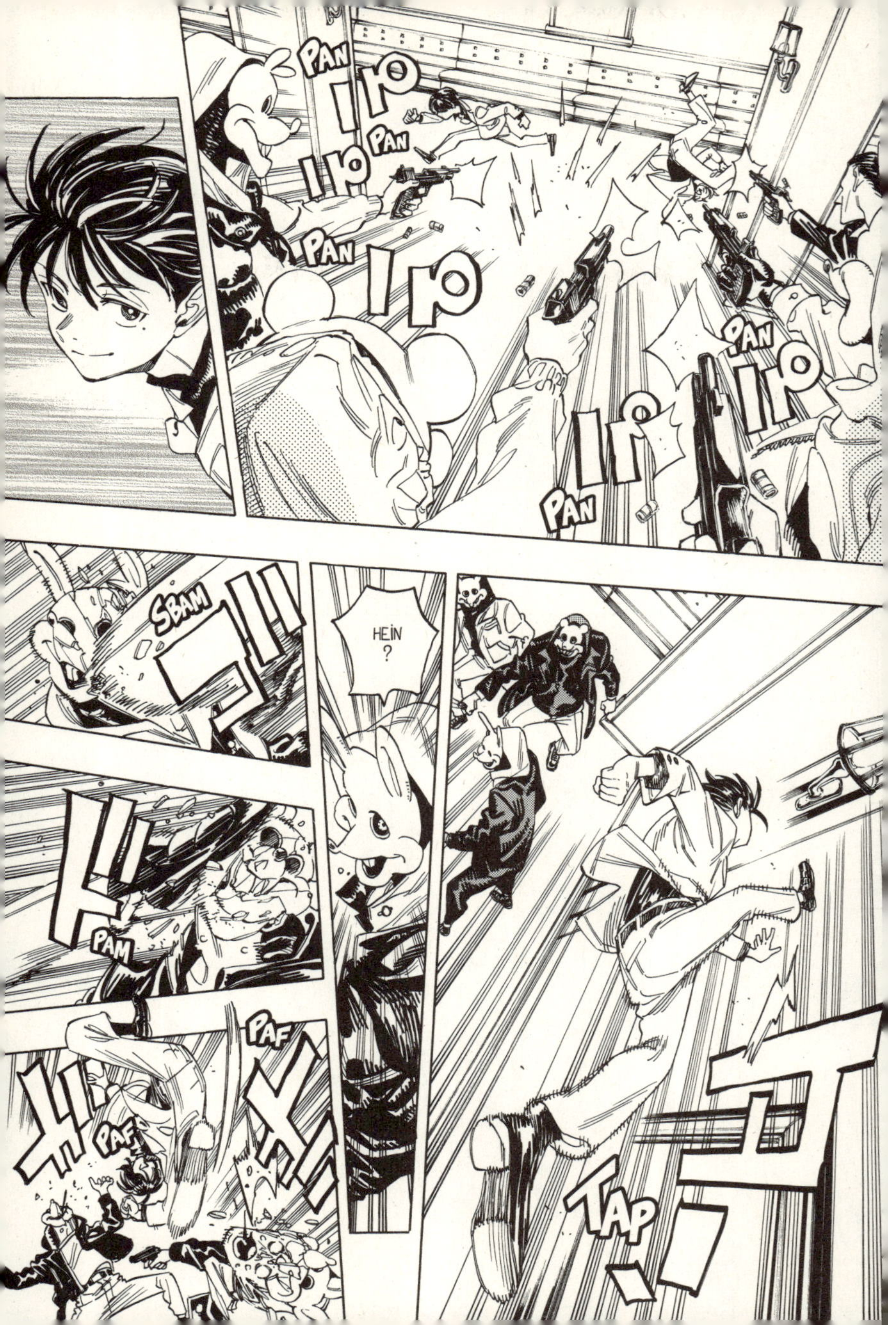
PAN
PAN
PAN
PAN
PAN
PAN
TAP
HEIN ?
SBAM
PAM
PAF
PAF

SPAF
QUE JE...
RAH, LAISSE TOMBER !
T'ES DE MON CÔTÉ, NON ?
!
QUOI ?
DANS CE CAS, ON VA TOUS LES ÉCRA-BOUILLER !
ON DISCUTERA PLUS TARD !
OK !

Chapitre 8 : La recommandation de Sumihiko Somejima

HUMPF !
BAM
GARGH !
SPLAF
T'AS LA POISSE DÈS LA RENTRÉE, TOI.
T'ES EN SECONDE COMME MOI, NON ?
ALLEZ !
PARDON... J'AI PAS D'ARGENT SUR MOI...
CLAC
CLAC
JE VOULAIS T'AIDER À TE RELEVER !
C'EST NORMAL QU'ILS TE VISENT AVEC TA TÊTE DE VICTIME !
FAIS UN TRUC POUR ÇA !
J'AI UNE IDÉE.

TIENS, JE TE LES DONNE.
CLING
T'EN IMPOSERAS UN PEU PLUS AVEC ÇA.
TE LAISSE PLUS FAIRE.
DES BOUCLES D'OREILLES ? JE VAIS TROP ATTIRER L'ATTENTION, AVEC ÇA.
IL EST BIZARRE.
HÉ !
IBUKI, TU T'ES ENCORE BATTU ?!
GAH ! AKABANE !
T'AVAIS DIT QUE TU TE BATTRAIS PLUS UNE FOIS AU LYCÉE !
J'AI JAMAIS DIT ÇA !
SI, TU L'AS DIT ! DANS TON SOMMEIL !
EN COURS, EN PRIMAIRE !
ET TU VEUX QUE JE ME SOUVIENNE DE ÇA ? ABRUTIE !
C'EST MOI QUE TU TRAITES D'ABRUTIE ?!
TU SAIS, LES CONTRATS ORAUX ONT AUSSI UNE VALEUR...
PFF !

IL EST VRAIMENT BIZARRE.
TIENS !
PAF
OUOOOOH !
PAM
GAH !
SBOM
HMPF !
TCH !

CES MECS...
SONT BALÈZES.
JE ME DEMANDAIS QUI ÇA POUVAIT ÊTRE, COMME IL EST PLUTÔT RÉSISTANT...
HIN !
MAIS C'EST QU'UN GAMIN, EN FAIT !
RÉPÊTE, POUR VOIR !
TAP
BON, ON VA EN FINIR.
ATTENDS !
SI TU TE LOUPES, TU VAS BUTER NOTRE EMPLOYEUR !
CE GOSSE SAIT CE QU'IL FAIT !
POURQUOI Y A ENCORE DES MECS QUI VEULENT LIQUIDER AKABANE ?
LÂCHE-LE, VERMINE !
VOUS ÊTES EN TRAIN DE FAIRE UNE GROSSE CONNERIE !
OH NON, AU CONTRAIRE...

EN FAIT, VOYEZ-VOUS, JE SUIS LA PROPRIÉTÉ DU CLAN JINGÛ.
J'AI POUR RÔLE DE DÉTRUIRE TOUS CEUX QUI METTENT LES MEMBRES DE LA BRANCHE PRINCIPALE EN PÉRIL.
LUI, PAR CONTRE, C'EST UN SIMPLE CIVIL.
QUOI ?!
SI VOUS LUI FAITES DU MAL, LA TERMINALE 4 SERA OBLIGÉE D'AGIR EN CONSÉQUENCE.
APRÈS TOUT, ÇA REVIENDRAIT À DÉCLARER...
QUE VOUS VOULEZ ATTENTER À LA VIE D'AKABANE.
TU VEUX DIRE...
QUE T'AS FAIT EXPRÈS DE L'AMENER JUSQU'ICI ?
RACLURE ! TU IRAIS JUSQU'À TE METTRE LE CLAN À DOS ?!

JE SUIS PRÊT À TOUT...
POUR MA FAMILLE.
JE TIENS PLUS QUE TOUT...
AUX 21 PERSONNES QUI LA CONSTI-TUENT.
EN CE MOMENT MÊME, ILS METTENT TOUS LEUR VIE EN JEU POUR PROTÉGER UNE SEULE FILLE.
CE N'EST PAS LE GENRE DE CHOSES QUI ARRIVENT TOUS LES JOURS, SI ?
JE ME SUIS DIT QUE JE POU-VAIS RÉDUIRE VOTRE FORCE DE FRAPPE ICI ET MAINTE-NANT...
POUR LEUR RENDRE LA TÂCHE UN PEU PLUS FACILE.
HEIN ?

MOI...
JE VEUX JUSTE PROTÉGER LA TERMINALE 4.
APRÈS TOUT, J'AI GRANDI AVEC EUX.
ÉVIDEMMENT QUE JE VEUX FINIR LE LYCÉE À LEURS CÔTÉS.

JE LEUR DIS QU'UN CIVIL NOUS A ATTAQUÉS ?
TCH !
VA PRÉVENIR LA HIÉRARCHIE !
NON, PARLE PAS DU CIVIL, ABRUTI !
C'EST POUR ÇA QUE JE SUIS LEUR MENEUR.
ET C'EST AUSSI POUR ÇA QUE J'ENDOSSE TOUTE LA RESPON-SABILITÉ.
SOIS À LA HAUTEUR, ARAKUNI.
UN CIVIL PRÊT À SE FROTTER AUX JINGÛ...
VA TE FAIRE !
SBAM
GAH !

ON A BESOIN DE TOI.
HAA...
HAA...
HAA...
HAA...
CLIC

SPAM
TU PEUX TE REPOSER, MAINTENANT.
MON BOULOT EST AUSSI DE TE PROTÉGER.
AH !
TU LES AS ENCORE ?
CLING
OUI. JE PEUX PLUS ME LAISSER FAIRE.
TOI, T'ES LE PROTECTEUR D'AKABANE...
CRAC

ET MOI...
JE SUIS LE PROTECTEUR DE LA TERMINALE 4.
IL SE BAT POUR CEUX QU'IL VEUT PROTÉGER.
IL SUIT SES PRINCIPES.
TOUT COMME MOI !
HAAA...
C'EST BON, J'AI COMPRIS...

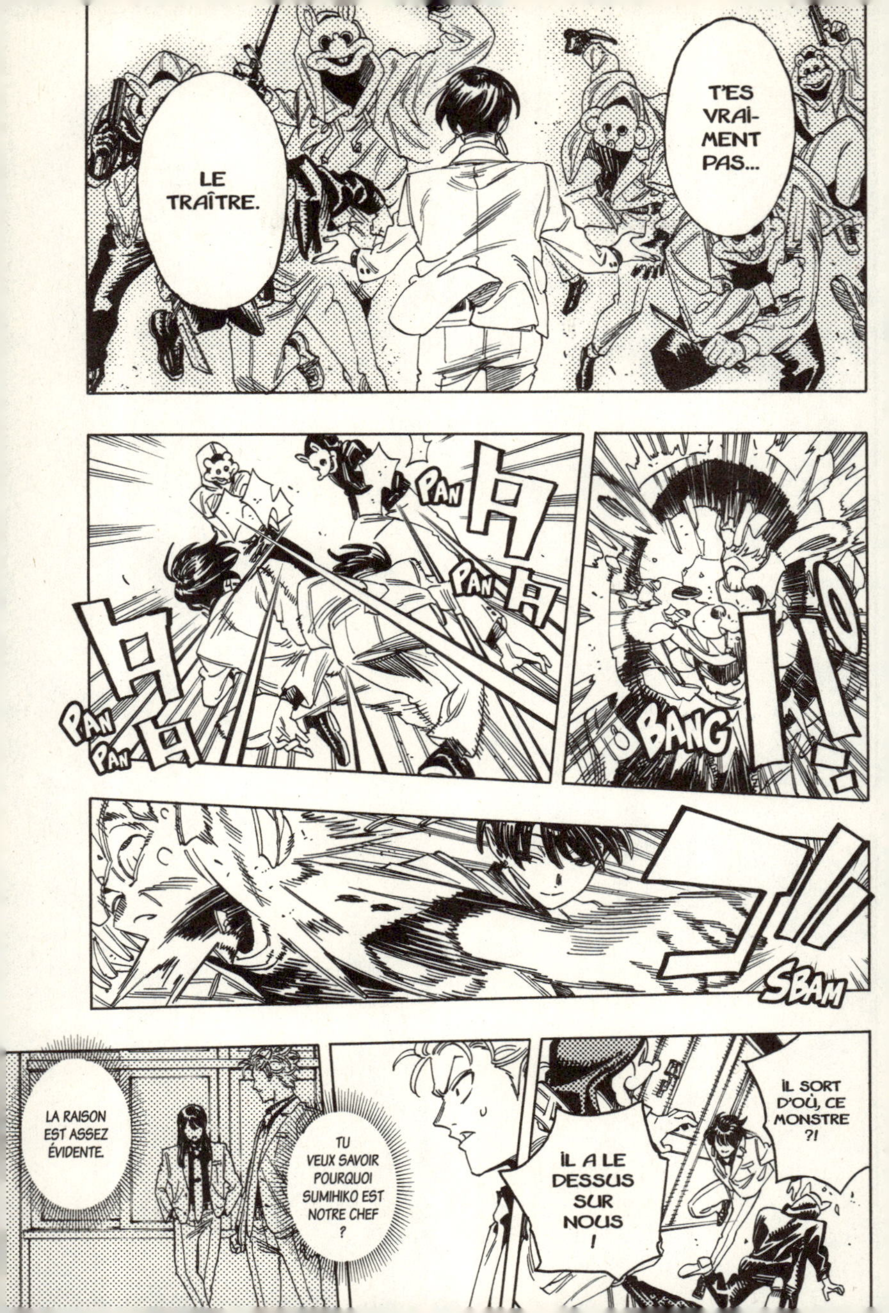
T'ES VRAI-MENT PAS...
LE TRAÎTRE.
PAN
PAN
PAN
PAN
BANG
SBAM
IL SORT D'OÙ, CE MONSTRE ?!
IL A LE DESSUS SUR NOUS !
TU VEUX SAVOIR POURQUOI SUMIHIKO EST NOTRE CHEF ?
LA RAISON EST ASSEZ ÉVIDENTE.

C'EST LE PLUS FORT, TOUT SIMPLEMENT.

HA HA HA HA HA !
JE VOIS PAS CE QU'IL Y A DE DRÔLE !
TOUTE LA CLASSE EST EN DANGER !
FWOUP
FWOUP
JE SAIS.
LE CHEF T'A VRAIMENT EMBAUCHÉ POUR ÇA ?
SCRAC
ET JE SUIS FURIEUX.
FRSH
JE VAIS TE FILER UN COUP DE MAIN.
ON VA TROUVER CE TRAÎTRE.

J'ACCEPTE DE COOPÉRER AVEC TOI...
ÇA DEVRAIT TE RASSURER.
IL A DÉCLARÉ QU'ON TROUVERAIT LA TAUPE...
AVEC UNE COLÈRE INSOUPÇONNÉE AU FOND DE LA VOIX.
DANS MA RECHERCHE DÉSESPÉRÉE, PARMI 21 SUSPECTS...
J'AI TROUVÉ UN ALLIÉ DE TAILLE.

OK, JE COMPTE SUR TOI, ALORS...
SUMIHIKO !
CLAC
BROUHAHA
BROUHAHA
J'AVOUE, J'AI COMMENCÉ À EN DOUTER TOUT À L'HEURE...
MAIS JE REPRENDS CONFIANCE. ON VA PROTÉGER AKABANE JUSQU'AU BOUT...
HÉ !
IBUKI ?!
A...
AKA-BANE ?!
TU FOUS QUOI ICI ?
ON ÉTAIT À LA SALLE D'ARCADE, JUSTE LÀ...
MAIS TOI... CE BÂTIMENT D'OÙ T'ES SORTI...

* SEXY COSPLAY GIRL BAR.

C'EST RARE...
QUE TU VIENNES DANS LES QUARTIERS PRINCIPAUX DE NOTRE CLAN.
TOUT SE PASSE BIEN AU LYCÉE ?
OUI, GRÂCE À VOUS, MERCI.
FLAP
SURTOUT DEPUIS QUE J'OBSERVE CE GARÇON.
AVEC LUI, JE M'ENNUIE JAMAIS.
QUI EST-CE ?
C'EST CELUI...
QUI SAURA AU MIEUX PROTÉGER AKABANE.
CHEF...
SI UN JOUR ON DEVAIT PASSER À L'ACTION...

JE VEUX QUE VOUS AJOUTIEZ ARAKUNI IBUKI...
À NOTRE ÉQUIPE DE GARDES DU CORPS.
JE VOUS EN PRIE !
!
SALE BOUF-FON...
ARRÊTE DE TE MARRER ET VIENS M'AIDER !

JOURNAL DE BORD DE LA TERMINALE 4 N° 1
APRÈS LA RENCONTRE ENTRE ARAKUNI ET SUMIHIKO VUE DANS LE CHAPITRE 8.
SALUT !
OU... OUI !
TU RESTES LOIN DES TYPES LOUCHES, OK ?
C'EST TOI QUI ES LOUCHE, SURTOUT...
SUITE À ÇA, ILS SE SALUENT QUAND ILS SE VOIENT.
C'ÉTAIT CLAIREMENT TROP, LES BOUCLES D'OREILLES !
ARAKUNI S'EN VEUT D'AVOIR OFFERT DES BOUCLES D'OREILLES À SUMIHIKO, MAINTENANT QU'IL VOIT QU'IL NE LES MET PAS DU TOUT.

APRÈS ÇA, SUMIHIKO A DEMANDÉ À KAGARA DE LUI PERCER LES OREILLES EN SECRET.
ÇA TE RESSEMBLE PAS DE FAIRE ÇA.
TU VAS METTRE QUOI COMME BOUCLES ?
JE VOUS DIRAI PAS.

ON EST DÉJÀ MI-MAI.
ÇA VA FAIRE DEUX MOIS QUE JE SUIS DEVENU LE GARDE DU CORPS D'AKABANE.
Chapitre 9 : Les inquiétudes de Honeko Akabane
JUS-QU'ICI...
J'AI NEUTRALISÉ MASACHIKA JINGÛ QUI VISAIT LA TÊTE DU CLAN ET VOULAIT LA MORT D'AKABANE DANS CE BUT...
J'AI RALLIÉ SUMIHIKO SOMEJIMA À MA CAUSE ET FORGÉ UNE RELATION DE CONFIANCE AVEC LUI...
ET J'AI AVANCÉ SUR LA PISTE DU TRAÎTRE DE LA TERMINALE 4...
QUE LE CHEF DU CLAN JINGÛ M'A CHARGÉ DE DÉMASQUER.
FWOOOO
ET AUJOUR-D'HUI, APRÈS AVOIR ACCOMPLI TOUT ÇA...

* SÔSÔJI.

JE VAIS PARTICIPER AU FESTIVAL SPORTIF DE MON LYCÉE.
J'ANNONCE !
TOUS, ICI PRÉSENTS, NOUS NOUS ENGAGEONS À FAIRE PREUVE DE FAIRPLAY...
À L'OCCASION DE CES JEUX SPORTIFS !
JE DÉCLARE OUVERT LE 16E FESTIVAL SPORTIF...
DU LYCÉE SÔSÔJI !
OUOOOH
ILS SONT À FOND...
YEAH !
FWIP
ALORS, QU'À CÔTÉ DE MOI...

しらー
SHHH
CEUX-LÀ SONT PAS DU TOUT MOTIVÉS.
TOUS CEUX QUI PARTICIPENT À LA PREMIÈRE ÉPREUVE, PEUVENT ALLER SE PRÉPARER.
POURQUOI VOUS EN AVEZ RIEN À FAIRE ?
SI ON S'Y METTAIT VRAIMENT À FOND, ON GAGNERAIT DIRECT.
C'EST QU'ON EST CENSÉS CACHER NOS CAPACITÉS, ICI.
ALORS, ON EST OBLIGÉS DE SE RETENIR AU MAX.
MAIS ÇA N'A RIEN DE DRÔLE DE PARTICIPER COMME ÇA.
BREF.
POUR NOUS, CE GENRE D'ÉVÉNEMENT EST QU'UNE PARTIE DE NOTRE BOULOT D'INFILTRATION.
OUAH !
OUAIS !
BRAVO

KUROGUMO EST SUPER RAPIDE !
DASH
PAN
ET LA VAINQUEURE DU 100 MÈTRES FÉMININ EST KUROGUMO, DE LA TERMINALE 4...
HEIN ?
ELLE A BATTU LE RECORD NATIONAL...

KURO-GUMO !
À QUOI TU JOUES ?!
JE REPRÉSENTAIS NOTRE CLASSE, JE POUVAIS PAS ME LAISSER BATTRE.
QUI EST L'ABRUTI QUI L'A CHOISIE POUR LA COURSE ?!
POURQUOI ILS SONT TOUS ÉNERVÉS ?
ILS ONT PEUT-ÊTRE FAIT DES PARIS ?
VOUS ÊTES SÛRS QUE ÇA VA ALLER ?
PSST
PSST
C'EST QU'UN CAS ISOLÉ !
REJOINS LE CLUB D'ATHLÉTISME !
JE SUIS EN TERMINALE...
ON EST DES PROS !
ÇA SE REPRODUIRA PAS !

IRO
SHUTÔ, DE LA TERMINALE 4, REMPORTE LA COURSE D'OBSTACLES !
DASH
C'EST PAS MA FAUTE, J'AI PRIS TOUS LES BONS VIRAGES.
NIOM
NIOM
J'AI JUSTE TROP DE CHANCE, J'Y PEUX RIEN.
UMI-SHIRO !
PRENDS ÇA, S'IL TE PLAÎT ! ♡
JE NE PEUX RIEN REFUSER AUX DEMOISELLES.
DÉSOLÉ !
IRO
UMISHIRO, DE LA TERMINALE 4, ARRIVE PREMIER DE LA COURSE AUX OBJETS !
DASH
TOUTES CES FILLES SONT SES PETITES AMIES.
IL SORT AVEC 10 MEUFS SANS QU'ELLES LE SACHENT.
IL MÉRITE SON TITRE D'ARNAQUEUR DE LA TERMINALE 4 !

DÉCIDÉMENT, UNE VRAIE CLASSE DE FORCENÉS.
VOUS AVEZ DU MAL À RELÂCHER LA PRESSION, HEIN...
GOOOO
PEUT-ÊTRE QU'UNE PUNITION POURRAIT VOUS APPRENDRE ?
JE SAVAIS PAS QUE NOTRE CLASSE ÉTAIT AUSSI FORTE !
OUAH !...
LA PROCHAINE ÉPREUVE SERA LE TIR À LA CORDE INTER-CLASSES.
VOUS AVEZ COMPRIS ?
ON DOIT PERDRE DE JUSTESSE !
SINON, SUMIHIKO VA NOUS TRUCIDER !
RAH, C'EST TROP CHIANT...
NEI !
DONNE TOUT !

ET C'EST UNE DÉFAITE...
POUR LA TERMINALE 4 !
LE GROUPE BLEU SE RETROUVE EN TÊTE AVEC UNE LARGE AVANCE !
PFFF...
FAIRE SEMBLANT D'ÊTRE NULS, ÇA AUSSI, ÇA FATIGUE.
DOMMAGE, C'EST PAS PASSÉ LOIN !
HONEKO !
OUAIS, DÉSOLÉE !
POF
JE VOULAIS ME LA PÉTER, MAIS ÇA S'EST RETOURNÉ CONTRE MOI.
POF
TU NE TE SENS PAS BIEN, PEUT-ÊTRE ?
AH ?

TU TE RETIENS, ON DIRAIT.
C'EST QUE...
LA PAUSE DÉJEUNER COMMENCE MAINTENANT, VOUS POUVEZ...
AH !
MAIS NON, PAS DU TOUT !
ALLEZ, VIENS, ON VA MANGER !
"MANGER"...
TAP
TAP
"UNE PARTIE DE LEUR BOULOT", HEIN...
ÇA DOIT ÊTRE ASSEZ NATUREL, POUR EUX.
J'IMAGINE...
AH !
CAFÉTÉRIA FERMÉE
DOOM
J'AI RIEN À BOUFFER !
IBUKI !

JE SAVAIS QUE JE TE TROUVERAIS LÀ !
AKABANE ?
TIENS !
C'EST POUR TOI !
BEIGNET CURRY FROMAGE
POUR... POURQUOI ?
JE ME DOUTAIS QUE T'AURAIS OUBLIÉ QUE LA CAFÈTE EST FERMÉE AUJOURD'HUI !
C'ÉTAIT PAREIL L'ANNÉE DERNIÈRE.
JE SUIS PLUS OBSERVATRICE QUE J'EN AI L'AIR !
HÉ HÉ !
QUELLE PASSION !
!

TU PEUX PARTICIPER AU FESTIVAL ? COMMENT ÇA VA ?
EH OUI ! LE MÉDECIN M'A DONNÉ LE FEU VERT !
SHINO ?!
SALUT ! MOI, C'EST SHINO KIYOZUKA !
J'ÉTAIS DANS LA MÊME CLASSE QUE HONEKO JUSQU'À CETTE ANNÉE !
ELLE M'A BEAUCOUP PARLÉ DE TOI, IBUKI !
C'EST GÉNIAL !
ELLE SORT D'OÙ, CELLE-LÀ ?
JE LA FAIS PAS DU TOUT FLIPPER !
FWOUP

PSST
JE TE SOUTIENS, POUR HONEKO !
OK, JE L'ADORE !
JE FAIS DE L'ASTHME UN PEU VÉNÈRE...
ALORS, J'AI JAMAIS TROP PU PARTICIPER À CE GENRE D'ÉVÉNEMENT.
ET ME VOILÀ DÉJÀ EN TERMINALE !
CE QUI VEUT DIRE QUE CE FESTIVAL SPORTIF EST À LA FOIS MON PREMIER...
ET MON DERNIER !
ALORS, JE VEUX ME FAIRE UN MAX DE SOUVENIRS !
JE VISE LA VICTOIRE !
ENFIN C'EST L'IDÉE !

SHINO, T'ES DANS L'ÉQUIPE ROUGE.
NOUS, ON EST L'ÉQUIPE JAUNE.
ON DOIT TOUT DONNER EN TANT QU'ADVERSAIRES.
OK ! TOI AUSSI, IBUKI, DONNE-TOI À FOND !
ET JE PARLE PAS QUE DU SPORT ! ♡
ELLE EST... IMPRESSIONNANTE.
OUI !
ELLE EST SPÉCIALE POUR MOI.
AH OUAIS ?

OUI, ELLE A COMPLIMENTÉ MON PRÉNOM...
ET ELLE EST DEVENUE MA TOUTE PREMIÈRE AMIE.
TU SAIS, COMME IL COMPORTE L'IDÉOGRAMME D'"OS"...
TOUT LE MONDE SE MOQUAIT DE MOI QUAND J'ÉTAIS PETITE.
OH, MISS CALCIUM EST LÀ !
J'AI PAS OUBLIÉ QUE TU AS FAIT PARTIE DE CES GENS, D'AILLEURS.
Quoi ?!
JE T'AI DÉJÀ DIT QUE J'ÉTAIS DÉSOLÉ !
MAIS, SHINO, ELLE...

"HONEKO" ?
C'EST TROP COOL, COMME PRÉNOM !
J'AIME MON PRÉNOM, MALGRÉ TOUT...
ALORS, ÇA M'A VRAIMENT FAIT SUPER PLAISIR !
C'EST POUR ÇA QU'ELLE EST SPÉCIALE !
CE FESTIVAL SPORTIF EST À LA FOIS...
MON PREMIER ET MON DERNIER !

J'AIMERAIS VRAIMENT LA FAIRE GAGNER.
HEIN ?
AH !
NON !
RIEN DU TOUT ! OUBLIE !
JE DOIS PARLER AVEC LES ORGANISA-TEURS, À PLUS !
TAP
TAP

TAP
JE PEUX SAVOIR POURQUOI VOUS VOUS LA COULEZ DOUCE ?!
DOM
DOM
FRSH
DOM
DOM
!...
IBUKI ?
TAP
TAP
GOUIC
C'EST NOTRE DERNIER FESTIVAL SPORTIF, JE VOUS SIGNALE !
ALLEZ, UN PEU DE NERF !
QU'EST-CE QUI T'ARRIVE ?
ON PEUT PAS SE FAIRE REMARQUER.
ON EN A DÉJÀ PARLÉ.
OUAIS, JE SAIS.
JUSTE-MENT !

ON VA FAIRE GAGNER...
L'ÉQUIPE ROUGE !

...
QUOI ?

JE VOUS EXPLIQUERAI EN DÉTAIL PLUS TARD.
MAIS LE FAIT EST QU'AKABANE SOUHAITE LA VICTOIRE DE L'ÉQUIPE ROUGE.
NOTRE CLASSEMENT À NOUS, JE M'EN TAPE, ON PEUT MÊME FINIR DERNIERS SI VOUS VOULEZ !
PAR CONTRE, ON DOIT ABSOLUMENT FAIRE GAGNER L'ÉQUIPE ROUGE !
AKABANE M'A RIEN DEMANDÉ, EN SOI.
ALORS, C'EST SURTOUT UN CAPRICE DE MA PART...
MAIS RÉFLÉCHISSEZ !
QUITTE À ÊTRE OBLIGÉS DE VOUS RETENIR PENDANT TOUT LE LONG...
VOUS TROUVERIEZ PAS ÇA PLUS FUN D'AVOIR UN BUT À ATTEINDRE ?!
ALORS...
VOUS EN DITES QUOI ?
SÉRIEUX ?

TROP COOL COMME IDÉE !
ON VA PRENDRE LE CONTRÔLE DE CE FESTIVAL !
ÇA ME PLAÎT !
ON A UNE BONNE RAISON DE SE DONNER !
ON SERA DES JUSTICIERS DE L'OMBRE, COMME BATMAN !
MOI AUSSI, JE SUIS POUR.
TOP
OK, ÉCOUTEZ TOUS !
WAAAH
ON VISE LA VICTOIRE POUR L'ÉQUIPE ROUGE !
OUAIS !
LE FESTIVAL DE SPORT COMMENCE POUR LA TERMINALE 4 !
L'ÉQUIPE ROUGE ?
ILS SONT PAS JAUNES ?
POURQUOI ?

Chapitre 10 : Orphée aux enfers

FAIRE EN SORTE QUE LES ROUGES...
REMPORTENT TOUTES LES ÉPREUVES QUI RESTENT !
DOM
DOM
DOM
DOM
DOM
IBUKI EST REMONTÉ À BLOC !
BONNE CHANCE, SHINO !
GWOUIP

MAIS ON DOIT TROUVER UN MOYEN DE FAIRE GAGNER LES ROUGES !
ÇA SERA PAS DIFFICILE D'ARRIVER DERNIERS À CELLE-LÀ...
FRSH
JE VAIS METTRE DES BALLES DANS LE PANIER DES ROUGES DISCRÉTOS !
TU VAS TE FAIRE CRAMER DIRECT !
AMA-NUKI.
L'ÉPREUVE DU LANCER DE BALLES COMMENCE !
FWOOOSH
JOUM
L'ÉQUIPE JAUNE N'HÉSITE PAS À FRAPPER FORT !
SPAF
JE SUIS SUR LE COUP.

CRASH
?!
OUAIS
ALLEZ !
FRSH
AMANUKI NE RATE JAMAIS SA CIBLE.
IL VA CORRIGER LA TRAJECTOIRE DES BALLES ROUGES...
ET TOUTES LES FAIRE RENTRER...
BOM
DANS LE PANIER !
BOM
BOM
BOM
BOM
IL TIRE DANS LE MILLE À CHAQUE FOIS !
L'ÉQUIPE ROUGE REMPORTE L'ÉPREUVE !
YEAH !

OK, ON COMMENCE BIEN !
EXCUSE-MOI, IBUKI !
LA PROCHAINE ÉPREUVE...
C'EST LA PREMIÈRE FOIS QU'ON SE PARLE, JE CROIS...
JE SUIS NAKI.
ON EST ENSEMBLE POUR LA COURSE À TROIS JAMBES.
"LA... LA COURSE À TROIS JAMBES" ?!
HIII ! DÉSOLÉE QUE TU SOIS TOMBÉ SUR MOI !
LES COURSES, C'EST UNE AUTRE HISTOIRE !
ON PEUT PAS LES AIDER COMME AVEC LES BALLES !
COMMENT ON PEUT FAIRE ?
DIS, T'ES SÛR DE VOULOIR QU'ON FASSE ÇA ?
JE VEUX BIEN QUE CE SOIT POUR AKABANE, MAIS ÇA RESTE MALHONNÊTE...
QU'EST-CE QUE TU RACONTES ?

ON TRICHE PAS, ON DONNE VRAIMENT TOUT CE QU'ON A !
BAM
C'EST NOTRE ÉPREUVE À NOUS !
!
AH, OUI...
C'EST PAS FAUX !
MOI AUSSI, JE VAIS FAIRE DE MON MIEUX !
À VOS MARQUES, PRÊTS...
PAN
HIII !
BAH VOILÀ, ON A LOUPÉ LE TOP DÉPART !
DÉSOLÉE, J'AURAIS PAS DÛ PARLER AUTANT !
HUM, IBUKI...
DÉSOLÉE DE TE COLLER...
JE SUE BEAUCOUP SOUS LES BRAS, PARDON !
OUPS
TU DOIS LE SENTIR, NON ?
ÇA PUE PAS ? ÇA VA ?
ARRÊTE DE JACTER, C'EST PAS LE MOMENT !
MAIS... ÇA VA ALLER !
TRIIIIT

SHUUU
SSS
AH ?
FLAP
MIAOU
AAAH !
Y A PLEIN DE BESTIOLES SUR LE TERRAIN !
KIII, UN SERPENT !
CROÂ
CROÂ
RAH, ILS SONT RELOUS, CES CORBEAUX !
TROP MIMI, CE CHAT ! ♡
FRSH
CUI CUI
NAKI EST UNE ÉDUCATRICE ANIMALE. ILS LUI OBÉISSENT AU DOIGT ET À L'ŒIL.
NOUS, ILS NOUS LAISSENT TRANQUILLES.
GAAAH !
À L'AIDE !
PAN
L'ÉQUI... L'ÉQUIPE ROUGE REMPORTE L'ÉPREUVE !
ARAKUNI.
TAP

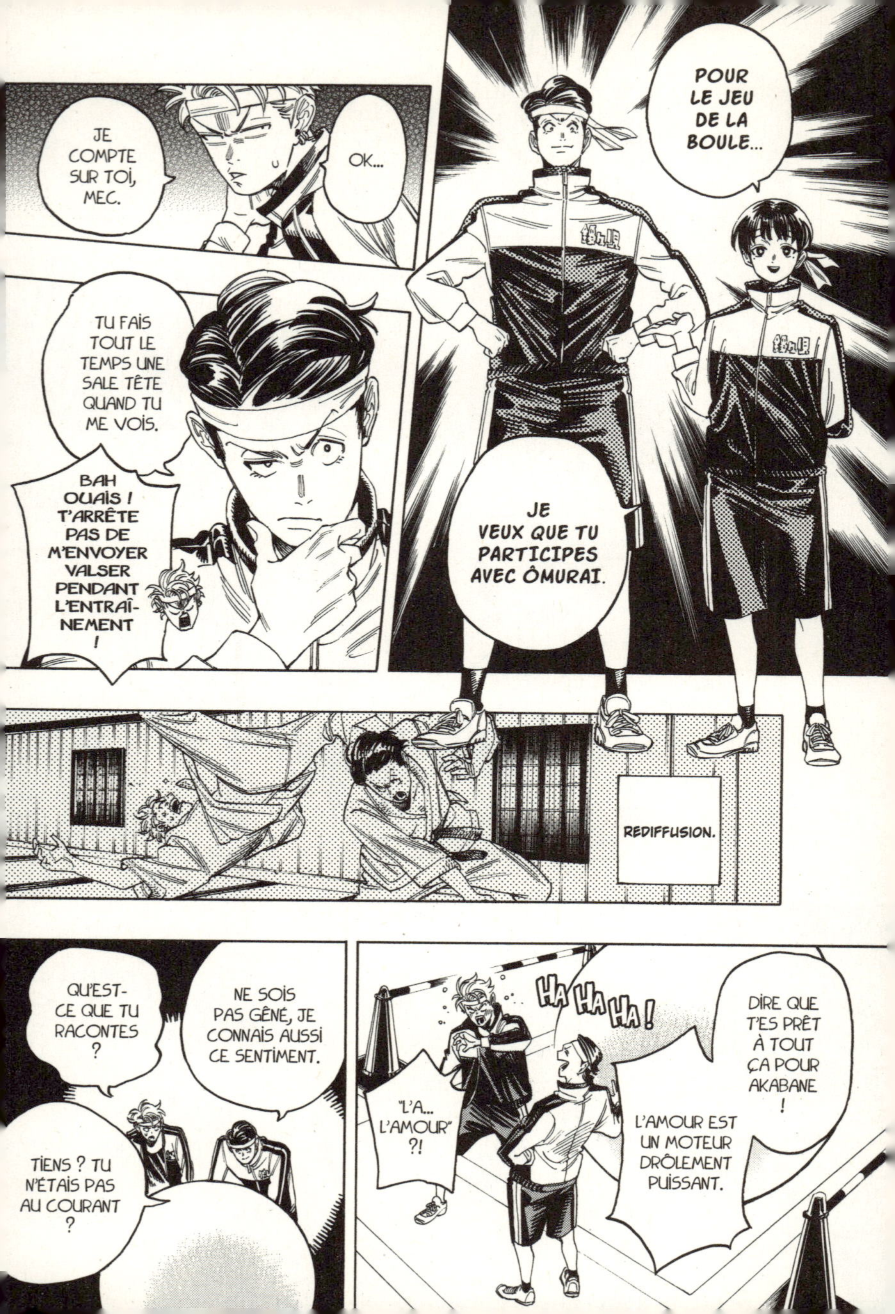
POUR LE JEU DE LA BOULE...
JE VEUX QUE TU PARTICIPES AVEC ÔMURAI.
OK...
JE COMPTE SUR TOI, MEC.
TU FAIS TOUT LE TEMPS UNE SALE TÊTE QUAND TU ME VOIS.
BAH OUAIS ! T'ARRÊTE PAS DE M'ENVOYER VALSER PENDANT L'ENTRAÎNEMENT !
REDIFFUSION.
DIRE QUE T'ES PRÊT À TOUT ÇA POUR AKABANE !
HA HA HA !
L'AMOUR EST UN MOTEUR DRÔLEMENT PUISSANT.
"L'A... L'AMOUR" ?!
NE SOIS PAS GÊNÉ, JE CONNAIS AUSSI CE SENTIMENT.
QU'EST-CE QUE TU RACONTES ?
TIENS ? TU N'ÉTAIS PAS AU COURANT ?

J'AI UNE FEMME, ET ELLE EST ENCEINTE.
PRÊTS, PARTEZ !
PAN
A...
AT-TENDS !
ALLEZ, IBUKI, ON Y VA !
FTAP
C'EST QUOI, CETTE HISTOIRE ?!
HMM...
LES ROUGES SONT TROP LENTS.
IBUKI !
AGRIPPE BIEN LA BALLE !
O... OK !
BLONG

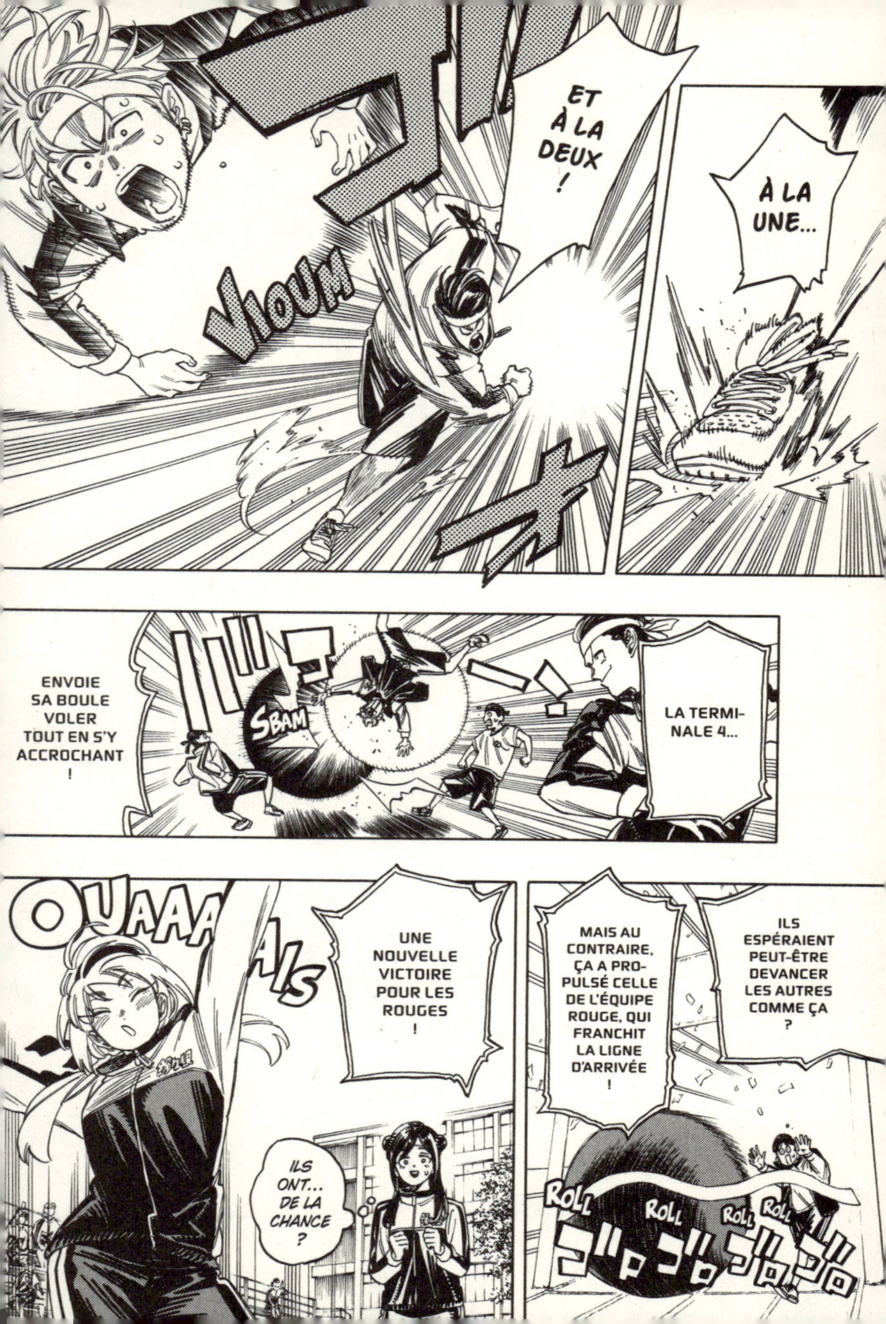
À LA UNE…
ET À LA DEUX !
VIOUM
LA TERMINALE 4…
SBAM
ENVOIE SA BOULE VOLER TOUT EN S'Y ACCROCHANT !
ILS ESPÉRAIENT PEUT-ÊTRE DEVANCER LES AUTRES COMME ÇA ?
MAIS AU CONTRAIRE, ÇA A PROPULSÉ CELLE DE L'ÉQUIPE ROUGE, QUI FRANCHIT LA LIGNE D'ARRIVÉE !
ROLL ROLL ROLL ROLL
UNE NOUVELLE VICTOIRE POUR LES ROUGES !
OUAAAAIS
ILS ONT… DE LA CHANCE ?

ENFOIRÉ...
DÉSOLÉ, PETIT GARS.
J'AVAIS BESOIN QUE TU FASSES CONTREPOIDS SUR LA BOULE POUR L'ORIENTER COMME JE VOULAIS.
JE SUIS LE SEUL PLUS ÂGÉ DE LA CLASSE, TU SAIS.
J'AI 28 ANS, EN RÉALITÉ.
SÉRIEUX ?!
J'AVAIS UN TRAVAIL AVANT DE M'INFILTRER ICI.
C'EST LÀ-BAS QUE J'AI RENCONTRÉ MA FEMME.
GRIP
Y A TOUT UN TAS DE PROFILS DANS NOTRE GROUPE.
ET ON A BEAU TOUS APPARTENIR AU CLAN, CE SONT AVANT TOUT DES ADOS COMME TOI.
AVEC LES RÊVES ET LES DOUTES QUI VONT AVEC.
C'EST POUR ÇA QUE J'AIMERAIS...
QUE TU MONTRES DU RESPECT ET DE LA BIENVEIL-LANCE...
ENVERS CHACUN D'EUX.

LES AUTRES AUSSI ONT LEUR PROPRE VIE...
ALORS...
LA PROCHAINE ÉPREUVE, C'EST LES CHAISES MUSICALES, ET JE SUIS AVEC...
T'ES AVEC MOI.
TOGEYA ?!
SÉRIEUX, IL ABUSE, SUMIHIKO. POURQUOI JE DOIS ME RETROUVER AVEC TOI ?
T'ÉTAIS PASSÉE OÙ ? T'ÉTAIS MÊME PAS DANS LES GRADINS !
JE PENSAIS QUE TU SERAIS LA PREMIÈRE À NOUS SOUTENIR !
HEIN ? POUR-QUOI ÇA ?
BAH, PARCE QUE T'ES PROCHE D'AKABANE !
VOUS ÊTES MEIL-LEURES POTES, NON ?
...
N'IMPORTE QUOI.

HONEKO ET MOI...
ON N'EST PAS AMIES.
HI HI HI ! HÉ HÉ HÉ ! ♪
T'ES EN FORME, KURAN !
OUI, C'EST LA PREMIÈRE FOIS QU'ON FAIT UN TRUC COMME ÇA ! ♪
J'AVAIS JAMAIS PU PROFITER DES ÉVÉNEMENTS SCOLAIRES AVANT !
GRÂCE À L'IDÉE D'IBUKI...
ON S'AMUSE COMME DE VRAIS LYCÉENS, AUJOURD'HUI !
TU LUI DONNES TROP DE CRÉDIT !
LUI DIS PAS, IL VA TROP PRENDRE LA CONFIANCE !
AH OUI ?
POURQUOI TU DIS ÇA, SALE GARCE ?!
OUAH

JE PENSE QUE C'EST CLAIR.
JE SUIS SA GARDE DU CORPS, NI PLUS NI MOINS.
RIEN À VOIR AVEC UNE QUELCONQUE AMITIÉ.
C'EST VRAIMENT CE QUE TU PENSES ?
C'EST PAS VRAIMENT MOI, TU T'EN DOUTES.
JE FAIS SEMBLANT.
C'EST POUR MA COUVERTURE.
C'EST QUI, LA FILLE QUI PASSE TOUT SON TEMPS AVEC AKABANE, ALORS ?
ELLE A TOUJOURS L'AIR CONTENTE D'ÊTRE AVEC ELLE !
JE SAIS PAS POURQUOI ILS SE LAISSENT TOUS INFLUENCER PAR TES CONNERIES.
"POUR LE BIEN DE HONEKO", OU JE SAIS PAS QUOI.

MOI...
JE VEUX LA PROTÉGER PSYCHOLOGIQUEMENT AUSSI !
T'ES DANS SA CLASSE DEPUIS LA SECONDE, NON ?
C'EST PAS AUSSI CE QUE TU VEUX ?
GRR
QU'EST-CE QUE T'EN SAIS, AU JUSTE ?!
T'EN AS DE LA VEINE, TOI !
TU LA CONNAIS DEPUIS TOUTES CES ANNÉES !
VOUS SAVEZ TOUT L'UN SUR L'AUTRE !
MOI, AU CONTRAIRE...
J'ARRÊTE PAS DE LUI MENTIR.
JE FAIS QUE ÇA ! TOUT LE TEMPS !
ET ON VA FINIR LE LYCÉE COMME ÇA...
PLIC
SANS QU'ELLE SACHE RIEN DE MOI !

TU PARLES D'UNE AMIE !
ÇA ME FRUSTRE...
TELLEMENT !
TU ME TAPES SUR LES NERFS !
TU GUEULES TOUT LE TEMPS, T'ES QU'UN BLEU...
TU TE LA RAMÈNES TROP...

ET POURTANT, C'EST TOUJOURS SUR TOI...
QUE HONEKO SE REPOSE QUAND ELLE EN A BESOIN !
CETTE PART QUI AIMERAIT ÊTRE À TA PLACE...
ET CETTE PART DE MOI QUI EST JALOUSE DE TOI...
ELLE M'ÉNERVE TELLEMENT QUE J'AI ENVIE DE ME FRAPPER...
JUSQU'À CE QUE MON VISAGE RESSEMBLE PLUS À RIEN !
JE TE DÉTESTE !
CASSE-TOI DE NOTRE CLASSE !
VA-T'EN !
Oh non
HOU LÀ !
POURQUOI ILS SE DISPUTENT ?
C'est chaud !
ON DEVRAIT FAIRE UN TRUC, NON ?

OK, ESSAIE DE ME LA PRENDRE, ALORS.
HEIN ?
FRANCHEMENT, J'EN AI RIEN À FAIRE DE TES PROBLÈMES.
JE VEUX RESTER AUPRÈS D'AKABANE POUR TOUJOURS !
MAIS SI T'AIMES VRAIMENT AKABANE À CE POINT...
SERS-TOI DE TA JALOUSIE ET DE TES REGRETS COMME D'UNE FORCE !
VOLE-MOI MA PLACE ! PRENDS MA CHAISE !
ON A QU'À S'AFFRONTER...
AUX CHAISES MUSICALES...
SI T'ARRIVES À GAGNER CONTRE MOI, J'EXAUCERAI TON VŒU !

J'ARRÊ-TERAI...
D'ÊTRE SON GARDE DU CORPS !
"MONTRE DU RESPECT ET DE LA BIEN-VEILLANCE...
ENVERS CHACUN D'EUX."
TU ME SAOULES...
SNIF
JE TE PRENDS AU MOT, ALORS !

EN ÉCHANGE, SI JE PERDS...
C'EST MOI QUI ARRÊTERAI D'ÊTRE SA GARDE DU CORPS !
GRIP
COMME ÇA...
ON PART SUR UN PIED D'ÉGA-LITÉ !
OK !
ON VA RÉGLER ÇA !
HAA !
J'AIME CETTE TÊTE !

Chapitre 11 : L'ennemi juré de Nei Togeya

À...
À QUOI ILS JOUENT, CES ABRUTIS ?
CRAC
QUE...
POUR-QUOI ILS SE PRÉ-PARENT À SE TAPER DESSUS ?
HEU..
CLAC
CLAC
HUM...
EN FAIT...
ILS ONT MIS LEUR RÔLE DE GARDE DU CORPS EN JEU ?!
ÇA... ÇA ALORS !

UNE AURA MEURTRIÈRE ENTOURE CES DEUX JOUEURS, LES AUTRES N'OSENT PAS S'APPROCHER !
TUN TUN
ILS ONT PEUR DE SE FAIRE TUER EN TOUCHANT À LEUR CHAISE !
TULULU
TOUS LES JOUEURS SONT INTIMIDÉS !
NE... NEI ?
TAN TALAN
ET LES ROUGES CHUTENT, LEUR PREMIER ÉCHEC DEPUIS LEUR REMONTÉE !
TALALA
IL...
IL NE RESTE DÉJÀ PLUS QUE DEUX JOUEURS !
TAP
TAP
TAP
TALALA
MINUTE...
ON ÉTAIT BIEN CENSÉS FAIRE GAGNER L'ÉQUIPE ROUGE ?
ET LÀ, SI JE COMPRENDS BIEN...
OUI, ILS PEUVENT PLUS GAGNER !
HAAA
LA...
TODOM
LE MORCEAU S'EST ARRÊTÉ !

PAM
FWOOOSH
SCRAATCH
?!
VOUM

PAPAM
PAM
FWISH
SBOM
SCRRR

SBAM
FWOOOOO
QUELLE SCÈNE SURRÉALISTE !
LA POUSSIÈRE N'A JAMAIS AUTANT VOLÉ POUR DES CHAISES MUSICALES !
HAA...
BAH ALORS, LA KARATÉKA ?
ON DIRAIT QUE JE TE DONNE DU FIL À RETORDRE.
HAA...
HAA...
LA FERME !
TU PARLERAS QUAND T'AURAS RÉUSSI À ME TOUCHER !
HAA...
MONSIEUR, ARRÊTEZ-LES !
NON, NON, NON, NON !
FWOUSH
UN IMBÉCILE HEUREUX COMME TOI PEUT PAS COMPRENDRE !
T'AS AUCUNE IDÉE DE CE QUE JE RESSENS POUR HONEKO !

TU SAIS QUOI ?
À LA RENTRÉE, EN SECONDE...
JE ME SUIS MOQUÉE DU NOM DE HONEKO ! J'AI DIT QU'IL ÉTAIT RIDICULE !
FRANCHEMENT, J'AI AUCUN DROIT...
DE DEVENIR SON AMIE !
ET QUAND JE TE VOIS...
ÇA M'ÉNERVE TELLEMENT !
ELLE SE PREND LA TÊTE…
MAIS ELLE EST COMPLÈTEMENT À CÔTÉ DE LA PLAQUE.
SI TU VEUX MON AVIS, C'EST PAS MOI...
PAM
QUE TU VEUX FRAPPER !
TOGEYA !

JE FAIS PITIÉ...
GH...
CETTE PART QUI AIMERAIT ÊTRE À TA PLACE...
ELLE M'ÉNERVE TELLEMENT QUE J'AI ENVIE...
DE ME FRAPPER !

C'EST VRAI, JE VOIS PAS...
POUR-QUOI JE ME RETIENS !

SFOUSH
FRAC
CRAC
SÉRIEUX ?
ELLE EST TROP FORTE, CETTE FILLE !
OUAH...
ELLE A DÉZINGUÉ IBUKI EN UN COUP !
C'EST OUF !
MINCE !
J'AI FAIT ÇA DEVANT TOUT LE MONDE !

HUM...
BON... VOTRE ATTENTION, S'IL VOUS PLAÎT !
BROUHAHA
BROUHAHA
SUITE À CET INCIDENT, NOUS DÉCIDONS D'ANNULER CETTE ÉPREUVE !
BROUHAHA
AUCUNE DES ÉQUIPES NE GAGNE LE POINT !
ON A ENCORE UNE CHANCE, ALORS ?
C'EST BON, ÇA VA MIEUX ?
JE SAVAIS QUE ME FRAPPER T'AIDERAIT PAS.
AU FOND, TU T'EN VEUX À TOI-MÊME.
IL A FAIT EXPRÈS DE ME PROVOQUER AVEC LA CHAISE ?
TU SAVAIS PAS COMMENT ÇA ALLAIT FINIR...
POURQUOI ?
HONEKO VA S'INQUIÉTER SI TU DÉPRIMES.
SPOF

C'EST AUSSI BÊTE QUE ÇA.
QUOI QU'IL FASSE...
C'EST TOUJOURS DANS L'INTÉRÊT DE HONEKO...
QU'EST-CE QUE T'AURAIS FAIT SI T'AVAIS PERDU ?
FRSH
BAH...
HOP
MÊME SI J'ÉTAIS PLUS SON GARDE DU CORPS...
J'ARRÊTERAIS JAMAIS DE LA PROTÉGER.
ET MOI, J'AI FAIT QUE PENSER À MOI-MÊME...

NEI !
AH...
ELLE A VU...
CE CÔTÉ DÉTESTABLE DE MOI...
OH NON !
C'EST VRAI...
HONEKO M'A VUE !
JE VOULAIS SURTOUT PAS...
HO...
HONEKO...
NEI !
T'ES TELLEMENT FORTE !
EUH...
ÇA FAIT DEUX ANS QU'ON SE CONNAÎT ET J'EN SAVAIS RIEN DU TOUT !
T'AVAIS TROP LA CLASSE !
AH ! MAIS FAUT PAS TE BATTRE, D'ACCORD ?
J'AI QUE ÇA, DES SECRETS...
MALGRÉ ÇA...
JE VEUX PLUS JAMAIS TE MONTRER CE VISAGE...
HONEKO...

JE TE DEMANDE PARDON !
ALORS, PEU À PEU...
JE VAIS AVANCER VERS CELLE QUE JE VEUX ÊTRE...
NEI ?
EN SECONDE...
PARDONNE-MOI D'AVOIR RI DE TON NOM.
J'AI ÇA SUR LE CŒUR DEPUIS LORS...
MAIS PLUS JE ME SUIS RAPPROCHÉE DE TOI, PLUS J'AVAIS PEUR DE M'EXCUSER.
JE VOULAIS PAS ROUVRIR DES PLAIES FERMÉES...
J'ÉTAIS TERRIFIÉE !
J'AI PAS ARRÊTÉ DE TE CACHER DES TRUCS...
ET DE TE MENTIR...
...

FRANCHEMENT...
JE MÉRITE PAS...
D'ÊTRE TON AMIE !
ARRÊTE...
PLEURE PAS, IDIOTE !
NEI.
JE T'AI DÉJÀ EXPLIQUÉ L'ORIGINE DE MON PRÉNOM ?
TU SAIS, QUAND J'ÉTAIS PETITE, JE LE DÉTESTAIS.
JE LE TROUVAIS BIZARRE ET JE BOUDAIS BEAUCOUP À CE SUJET.
À UN MOMENT, MA MÈRE...
HONEKO.

TU SAIS QUOI ? C'EST VRAI.
TON PRÉNOM N'EST PAS MIGNON DU TOUT.
ARGH
MAIS, TU VOIS...
C'EST UN PRÉNOM PLEIN DE FORCE.
L'OSSATURE, C'EST LE PILIER DU CORPS.
C'EST ELLE QUI EN FAIT LA FORME ET LE SOUTIENT.
NOUS, LES AVOCATS...
ON EST UN PEU LE SQUELETTE QUI PORTE LA JUSTICE.
HONEKO.
TOI AUSSI, DEVIENS UN APPUI POUR LES AUTRES.
TU RENCONTRERAS UNE MULTITUDE DE PERSONNES AU COURS DE TA VIE...

"DEVIENS LEUR SUPPORT, COMME LES OS POUR LE CORPS."
J'AIME LA NEI QUE JE VOIS EN FACE DE MOI.
MÊME SI TU ME CACHES DES CHOSES, ÇA NE CHANGE RIEN.
JE CONNAIS PLEIN DE TES BEAUX CÔTÉS.
ET J'APPRENDRAI MÊME À AIMER TES MENSONGES.
J'EN SUIS ABSOLUMENT CERTAINE.
ALORS, NE CONDAMNE PAS NOTRE AMITIÉ TROP VITE, S'IL TE PLAÎT.
FRSH
D'ACCORD ?
OUAH ?!
GWOUP

JE VEUX DEVENIR TON PILIER, NEI !
CE QU'ON A...
C'EST ENCORE PLUS PRÉCIEUX QUE DE L'AMITIÉ, TU TROUVES PAS ?

HONE...
KO...
OUI...
T'AS RAISON !
ON DIRAIT QUE C'EST RÉGLÉ.
TANT MIEUX.
TOUT EST BIEN QUI FINIT...
FLOSH
BIEN...
SPLAF
HEIN ?
IBUKI ?!
IBUKI !
ET VOILÀ !
PENDANT QUE J'ÉTAIS DANS LES VAPES, LE FESTIVAL SPORTIF S'EST POURSUIVI...
ET LA TERMINALE 4 A RÉUSSI...
À ASSURER LA VICTOIRE DE L'ÉQUIPE ROUGE.

AH
FWOUSH
JE SUIS OÙ ? L'INFIRMERIE ?
AH OUAIS, JE SUIS TOMBÉ DANS LES POMMES !
JE ME SUIS VRAIMENT FOUTU LA HONTE TOUT LE LONG...
HM ?
ZZZ
ZZZ
IBUKI...
HMM
T'AS GÉRÉ...
DODOM
LES FESTIVAL SPORTIF, C'EST DE LA BOMBE !
ET C'EST AINSI QUE LE RIDEAU SE FERMA SUR LE FESTIVAL SPORTIF DE LA TERMINALE 4.

JOURNAL DE BORD DE LA TERMINALE 4 N° 2

APRÈS LE FESTIVAL SPORTIF.

KIYOZUKA A PROPOSÉ UN RESTAU
POUR PERMETTRE À TOGEYA
ET IBUKI DE SE RABIBOCHER
APRÈS LEUR BAGARRE.

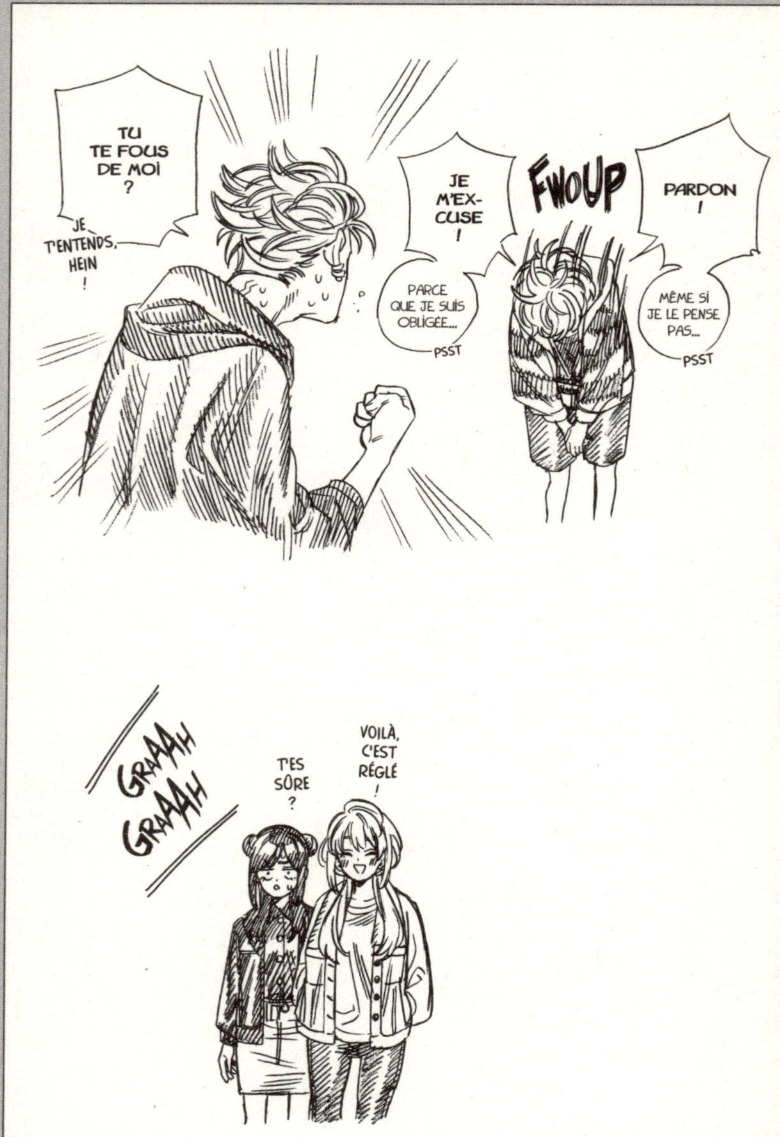
PARDON !
MÊME SI JE LE PENSE PAS...
PSST
FWOUP
JE M'EX-CUSE !
PARCE QUE JE SUIS OBLIGÉE...
PSST
TU TE FOUS DE MOI ?
JE T'ENTENDS, HEIN !
VOILÀ, C'EST RÉGLÉ !
T'ES SÛRE ?
GRAAAH GRAAAH

NON...
UNE...
UNE MI-NUTE...
TU PEUX RÉPÉTER ?
OK !
IL Y A UN TRAÎTRE QUI A FAIT FUITER L'EXIS-TENCE D'AKABANE DANS NOTRE CLASSE.
ET ARAKUNI A ÉTÉ ENRÔLÉ PAR LE CHEF POUR LE DÉMASQUER.
VOILÀ TOUT.
Chapitre 12 : Le serment d'Arakuni Ibuki
ON T'A FAIT VENIR JUSQU'ICI RIEN QUE POUR T'EXPLIQUER ÇA.
C'EST BON, T'AS IMPRIMÉ ?
CLANG
CLANG
QUEL TYRAN !
T'INQUIÈTE, ON EST DANS UN BÂTIMENT DONT L'ENTREPRISE DE MON PÈRE S'OCCUPE.
JE M'EN TAPE DE ÇA !
C'EST BON, ÇA VA.
J'AI PIGÉ LE TRUC.
PAR CONTRE...

JE PEUX SAVOIR POURQUOI ELLE EST LÀ, ELLE ?
HEIN ?
TU TE BALADES ENCORE AVEC UN FLINGUE ?!
PAM
CONFISQUÉ !
FAIS GAFFE À COMMENT TU ME PARLES, PETITE GARCE.
CLAC
J'HÉSITERAI PAS À TE BUTER.
ELLE VA NOUS AIDER À DÉBUSQUER LE TRAÎTRE.
QUOI ?! POURQUOI ?!

ELLE A ESSAYÉ DE TUER HONEKO, JE VOUS RAPPELLE !
PSHT
HÉ !
J'AI PLUS AUCUNE ENVIE DE L'ASSASSINER.
AU CONTRAIRE, JE PRÉFÉRERAIS LA GARDER EN VIE, MAINTENANT.
TAP
J'AI BIEN L'INTENTION...
DE LE FAIRE TOMBER SOUS MON CHARME DEVANT ELLE !
TU VOIS ? ON CRAINT RIEN.
OK, JE ME RENTRE, ALORS.
ON A UN CONTRÔLE BIENTÔT, JE DOIS RÉVISER AVEC HONEKO.
HÉ, ATTENDS UN PEU !
QUOI, ENCORE ?
PAM

LES GROUPES OGAMI ET NOZU PRÉPARENT QUELQUE CHOSE.
C'EST QUI, CEUX-LÀ ?
DES SOUS-GROUPES DU CLAN JINGÛ.
MAINTENANT QUE JE SUIS PLUS DANS L'ÉQUATION, ILS SONT EN DUEL POUR LA SUCCESSION.
ENFIN, PAS EXACTEMENT, PUISQU'ILS COMPTENT AKABANE DANS LES CONCUR-RENTS.
CES DEUX FACTIONS...
VONT S'EN PRENDRE À ELLE !

VOUS L'ATTENDIEZ TOUS, ET LE VOILÀ !
C'EST L'HEURE DU PLAT DE RÉSISTANCE !
LE FAMEUX TIGRE DE SIBÉRIE DE PLUS DE 4 MÈTRES...
VS...
OUAAAH
L'ENDETTÉ DE PLUS DE 4 MILLIONS ! UN COMBAT À GRANDE ÉCHELLE, DANS TOUS LES SENS DU TERME !
MONSIEUR !
VOUS SAVEZ OÙ EST LE CHEF ?
IL ÉTAIT DANS UNE DES SALLES...
AAAH
MERDE...
IL AURAIT RECOMMENCÉ ?
TIENS ?
SPLAF
NOTRE CHALLENGER EST À TERRE AVANT MÊME DE COMMENCER ?
ET CET INTRUS, CE N'EST PAS N'IMPORTE QUI !
OH
GRAAAH
VIENS PAR LÀ, MON CHATON.
JE VAIS PRENDRE SOIN DE TOI.

C'EST LE CHEF DU GROUPE OGAMI, DU CLAN JINGÛ !
REIICHI OGAMI !

LE MÉCÈNE DE TOUT UN TAS DE DIVER-TISSEMENTS CLANDESTINS !
ET, PAR-DESSUS TOUT, IL AIME PRENDRE DES RISQUES ! UN VRAI FOU DE L'ADRÉNALINE !

PARDONNEZ-MOI, GRAND MAÎTRE, CAR J'AI PÉCHÉ.
J'AI BRÛLÉ MA MAISON AFIN DE DONNER LA MORT À MA FAMILLE ET MOI-MÊME...
MAIS J'AI PRIS PEUR ET AI FINI PAR FUIR SEUL.
J'AI PERDU MON FOYER ET CEUX QUE J'AIME...
JE VOUS EN PRIE, MONTREZ-MOI LA VOIE DE L'EXPIATION !
QU'EN PENSEZ-VOUS, GRAND MAÎTRE ?
DIEU EST MISÉRICORDE, IL PARDONNE TOUT.
AH !
MAIS JE NE SUIS PAS DIEU.

LE CHEF DU GROUPE NOZU, DU CLAN JINGÛ.
YÛGEN NOZU.
SON GROUPE EST UNE SECTE VIOLENTE QUI PRÔNE LE CULTE DE SOI ET LE REJET DE DIEU...
ET IL EN EST LE GOUROU.

CE SONT DES ÉLÉMENTS EXTRÊMEMENT DANGEREUX, QUE MON PÈRE NE PEUT PAS CONTRÔLER.
S'ILS SE METTENT SÉRIEUSEMENT AUX TROUSSES D'AKABANE...
TODOM
MÊME LA TERMINALE 4 POURRA PAS LES ARRÊTER !
LE CHEF A QU'À DÉSIGNER SON SUCCESSEUR TOUT DE SUITE ET AKABANE SERA TRANQUILLE !
QU'EST-CE QU'IL ATTEND ?
IL PEUT PAS.
CELUI QUI ÉTAIT CENSÉ PRENDRE SA SUITE...
A ÉTÉ ASSASSINÉ PAR L'UN DE CES DEUX CHEFS DE FILE.
MON PÈRE ET MOI SOMMES LES SEULS AU COURANT.
IL DOIT ATTENDRE DE SAVOIR LEQUEL EST COUPABLE POUR FAIRE SON CHOIX.
LE CLAN EST EN PLEIN CHAOS, DEPUIS...
ET...

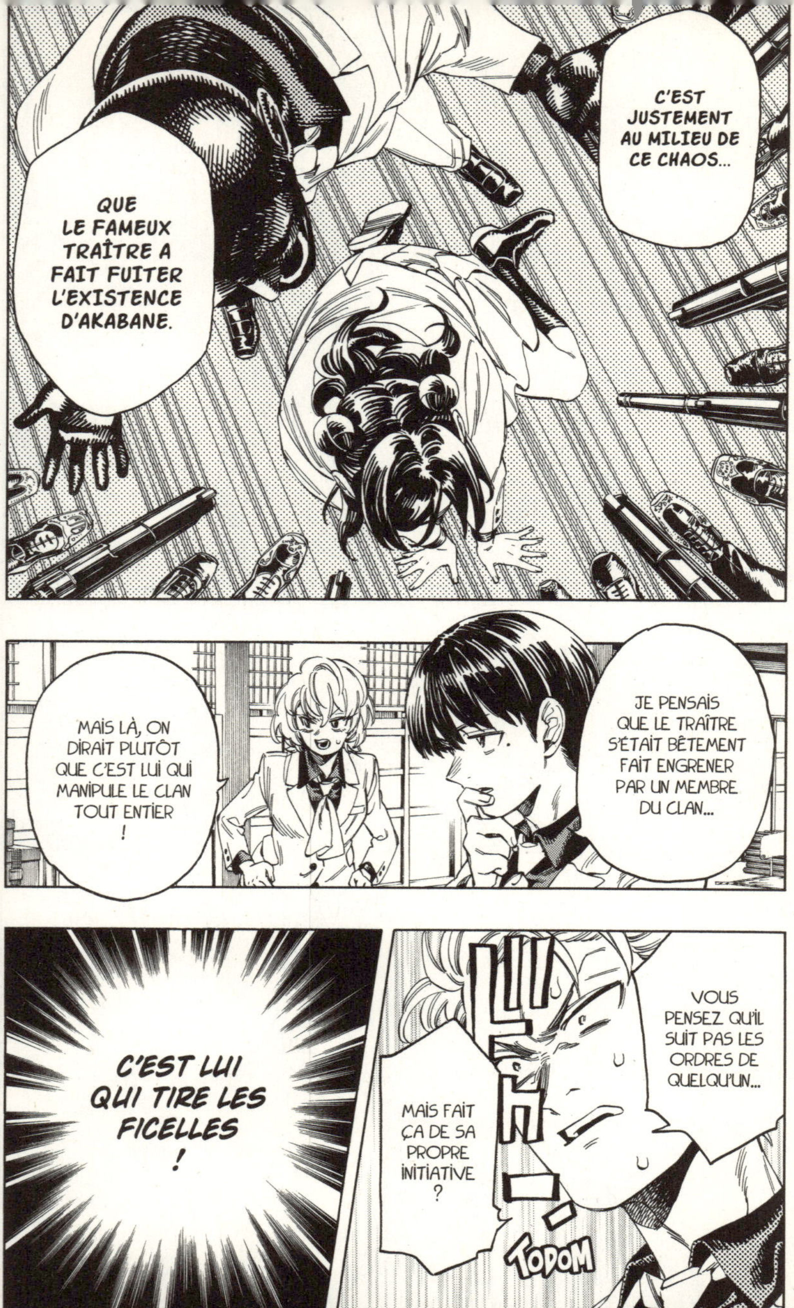
C'EST JUSTEMENT AU MILIEU DE CE CHAOS...
QUE LE FAMEUX TRAÎTRE A FAIT FUITER L'EXISTENCE D'AKABANE.
JE PENSAIS QUE LE TRAÎTRE S'ÉTAIT BÊTEMENT FAIT ENGRENER PAR UN MEMBRE DU CLAN...
MAIS LÀ, ON DIRAIT PLUTÔT QUE C'EST LUI QUI MANIPULE LE CLAN TOUT ENTIER !
VOUS PENSEZ QU'IL SUIT PAS LES ORDRES DE QUELQU'UN...
MAIS FAIT ÇA DE SA PROPRE INITIATIVE ?
TODOM
C'EST LUI QUI TIRE LES FICELLES !

ON PEUT PARTIR DU PRINCIPE QU'IL S'EST DÉJÀ RAPPROCHÉ DES GROUPES D'OGAMI ET NOZU.
VOTRE ALTERCATION AVEC CEUX D'OGAMI EN EST LA PREUVE.
HEIN ?!
DE...
QUOI...
ELLE...
PARLE, AU JUSTE ?!
SUMIHIKO, SAUVE-MOI !
SI ON VEUT PROTÉGER AKABANE, IL NOUS FAUT ABSOLUMENT DÉMASQUER CE TRAÎTRE.
ON A AUSSI BESOIN DE TON AIDE, TOGEYA.
FWIT
FWIT
FWIT
PAR CHANCE, ARAKUNI NOUS A LAVÉ DE TOUT SOUPÇON TOUS LES DEUX.
STOP
BAH OUAIS...
TU LA KIFFES, APRÈS TOUT.
...
LA FERME !
CE QUI VEUT DIRE QU'IL NOUS RESTE...
20 SUSPECTS !
FRSH

LA PIÉ-
GEUSE.
TOTO
AIMAN.
LE
PLONGEUR.
IPPEI
HATA.
LE
HACKEUR.
CHÛYA
ITOFUMI.
LA
SABREUSE.
YAMIHIME
HIGURE.
LA DRES-
SEUSE.
UZUME
NAKI.

LE CROCHETEUR.
TAKIMARU KISSHIN.
YOICHI AMANUKI.
LE SNIPER.
LE PILOTE.
JÔ KAGARA.
KUNUGI OTARU.
L'OBSERVATRICE.
LA MÉCANO.
NANAHO SHIKIMOTO.

LA STREA-MEUSE.
CHAKO KIRIMIYA.
LE JUDOKA.
IWAO ÔMURAI.
LE MÉDECIN.
SHÔSUKE MORIKUBO.
LA GYMNASTE RYTHMIQUE.
MANAGI NATSUO.
LA COUREUSE.
AZANE KUROGUMO.

KURAN SHUTÔ.
LA JOUEUSE.
L'ARNAQUEUR.
SUZAKU UMISHIRO.
LA TORTIONNAIRE.
KAYOKO WAN.
LE NINJA.
FÛTA JINRAI.
LE MAÎTRE DU DÉGUISEMENT.
TOKINORI SENZAKA.

PARMI CES 20 AGENTS SE CACHE...
CELUI OU CELLE QUI A ÉBRUITÉ L'EXISTENCE D'AKABANE !
QU'EST-CE QUE JE DOIS FAIRE ?
TU VEUX QUE JE LES FORCE À PARLER, UN PAR UN ?
NON, IL VAUT MIEUX GARDER TOUT ÇA POUR NOUS, POUR L'INSTANT.
ON S'EN SORTIRA MIEUX EN AGISSANT DANS L'OMBRE.
JE SERAI VOTRE ŒIL SUR L'INTÉRIEUR DU CLAN JINGŪ.
MÊME VIRÉE, JE RESTE UNE YAKUZA.
PARFAIT !
ON EST PARÉS !

TOUS LES QUATRE...
ON VA TROUVER CE SALE TRAÎTRE !

ON EST LA MILICE D'ENQUÊTE DE SÔSÔJI !
T'ES GÊNANT...

BON, ON PEUT SE QUITTER SUR ÇA, JE PENSE.
ON A LE VOYAGE SCOLAIRE LA SEMAINE PROCHAINE, ON VA AVOIR DU BOULOT.
PAF
"LE VOYAGE SCOLAIRE" ?
GRRR
HÉ !
TOI, TU RESTES À LA MAISON.
OUAIS, JE SAIS, ÇA VA !
LE VOYAGE SERA UNE BONNE OCCASION POUR AVANCER SUR LA PISTE DU TRAÎTRE.
IL FAUT QU'ON ARRIVE À SE CONCENTRER SUR ÇA.
ALORS, ÉVITEZ LES DÉSAGRÉMENTS MINEURS.
À QUOI TU PENSES ?
DES CHOSES COMME SE PERDRE, OU PERDRE SON PORTEFEUILLE ?
HA HA ! JE SUIS PLUS UNE GAMINE, AUCUNE CHANCE QUE ÇA M'ARRIVE.
OUAIS... HEIN ?

FOR-CEUSE !
T'AS CLAIREMENT L'INTENTION DE VENIR !
PLUS TARD...
GARE ÔMIYA
ÔMIYA STATION
LUMINE.
LE JOUR DU DÉPART EN VOYAGE SCOLAIRE.
BROUHAHA
BROUHAHA
ON A COMBIEN DE TEMPS JUSQU'À KYOTO ?
2 HEURES ET 47 MI-NUTES.
SUMI-HIKO !
ÇA CRAINT !
TAP
ON EST MAL !
TAP

TSA
TSA
TSA
TSAM
LE LYCÉE KINUKESHIMA, LE PLUS CRAIGNOS DU DÉPARTEMENT...
PART EN VOYAGE EN MÊME TEMPS QUE NOUS !
YO !
C'EST TOI, LE FAMEUX ARAKUNI IBUKI QUI SE TAPE AVEC TOUT LE MONDE ?
JE CROIS QU'ON VA BIEN S'AMUSER PENDANT CE VOYAGE !
TAP
TAP
HÉ ! JE PEUX SAVOIR CE QUE VOUS FAITES ?
JE SENS LES DÉSAGRÉMENTS ARRIVER...
TODOM
TODOM
PFIOU ! PERSONNE M'A VUE, HEIN ?

DÉBUT DU MOIS DE JUIN.
ÇA FAIT DEUX MOIS QUE JE SUIS LE GARDE DU CORPS D'AKABANE.
ON EST PARTIS POUR UN VOYAGE SCOLAIRE DE CINQ JOURS ET QUATRE NUITS À KYOTO ET NARA !
AVEC TOUS LES AUTRES TERMINALE DE SÔSÔJI...
MADEMOISELLE !
ON VA VOUS PRENDRE ÇA, ÇA ET ÇA, S'IL VOUS PLAÎT !
Chapitre 13 : Le rebelle du lycée Kinukeshima
ENTENDU !
BLA BLA
BLA BLA
UN VOYAGE SCOLAIRE ! ILS ONT L'AIR DE BIEN S'AMUSER.
ÇA ME REND NOSTALGIQUE.
CEPENDANT...
BONJOUR, VOULEZ-VOUS UN SNACK, OU UNE BOISSON ?
CLANG

HA
HA
HA
GA
HÉ, MAM'ZELLE !
FILE-NOUS DU FEU !
KI...
KIII !
OH OUAIS, LA VEINE !
FROSH
ATTRA-PEZ ÇA !
HA HA
IL SE TROUVE QUE LE LYCÉE KINUKESHIMA A PRÉVU...
EXACTEMENT LE MÊME VOYAGE AU MÊME MOMENT !

LES GARS, ON FAIT QUOI POUR L'AUTRE, LÀ ?
ARAKUNI IBUKI !
IL A DÉFONCÉ NOTRE CHEF, L'ANNÉE DERNIÈRE !
ON DEVRAIT LUI RENDRE LA MONNAIE DE SA PIÈCE, NON ?
T'AS RAISON, FAUT LUI MONTRER !
LE PREMIER QUI ARRIVE À BATTRE ARAKUNI IBUKI...
OOOOH
DEVIENDRA LE NOUVEAU CHEF DU BAHUT !
ALLEZ, À L'ATTAQUE !
TAP
TAP
TAP
TAP
TAP
VOUS ALLEZ ARRÊTER, OUI ?!
HEIN ?
C'EST QUI, LA MISS POMPONS ?
CASSE-TOI DE NOTRE CHEMIN !
VOUS ÊTES DANS UN LIEU PUBLIC !
VOUS VOYEZ PAS QUE VOUS DÉRANGEZ TOUT LE MONDE ?!

SBAM
I…
IBUKI !
IBUKI !
T'ARRÊTERAS JAMAIS, HEIN…
CRR CRR
CRR
OUILLE OUILLE OUILLE !
C'EST CONTRE MOI QUE VOUS VOULEZ VOUS BATTRE, NON ?
SPLAF
LAISSEZ-LA EN DEHORS DE ÇA !
JE M'EN OCCUPE, ÉCARTE-TOI DE LÀ, AKABANE.
VIENS, HONEKO, ON A DE LA GLACE !
ATTENDS !
GRIP

BAH ! UN VOYAGE SANS BASTON, ÇA ME RESSEMBLE PAS, DE TOUTE FAÇON.
PSHH
BON, MAINTENANT QUE C'EST RÉGLÉ...
VENEZ VOUS BATTRE !
RAAH
T'ES AMOUREUX DE CETTE MEUF, NON ?
IL SE LA PÉTAIT CLAIREMENT DEVANT ELLE.
OUAIS.
ON S'EN TAPE. RAMENEZ-VOUS !
OUAIS, MAIS...
ENFIN, TU VOIS...
FAUT QUE TU T'APPROCHES... OK ?
HEIN ?!
ON PEUT PAS SE BATTRE LÀ OÙ T'ES !
TU CROIS VRAIMENT QUE JE VAIS T'ÉCOUTER ET VOUS LAISSER M'ENCERCLER COMME ÇA ?
FERME-LA ET BOUGE TON DERRIÈRE !
FWIP
FWIP
HM ? ILS ONT VRAIMENT L'AIR STRESSÉS...
ALLEZ, S'TEUPLAÎT.
VIENS !
SI ON SE BAT DE CE CÔTÉ...

ROOON
PSHH
ON VA RÉVEILLER HYÔKA !
OUÉ HÉ HÉ...
BAH...
HM HM HM...
C'EST QUI, CE NUMÉRO ?
ON VOIT SA CULOTTE !
TU FERAIS MIEUX DE LES ÉCOUTER !
?!
HYÔKA FAIT PEUR QUAND ELLE EST ÉNERVÉE.

MAIS C'EST BIEN CE QUI LA REND SI MIGNONNE ! ♡
ET… ET TOI…
TU FOUS QUOI, LÀ-HAUT ?
MOI ? RIEN DU TOUT…
FWOUP
JE SUIS QU'UNE VALISE.
JE FAIS JUSTE EN SORTE DE PAS DÉRANGER !
JE SUIS NOUVEAU, ALORS J'AI PAS D'AMIS.
VOILÀ !
LUI AUSSI, IL EST À KINUKE-SHIMA ?
IL EST PAS COMME LES AUTRES.
BON, TU VAS FAIRE CE QU'ON TE DIT, OUI ?

PAM
PAM
FRSH
FRSH
GAAAH ?!
OUAH !
SBLAF
C'ÉTAIT QUOI, CETTE TECHNIQUE ?!
POF
POF
...
BRR
BRRR
J'EN AI PLUS RIEN À FOUTRE...
CREVEZ-LE !

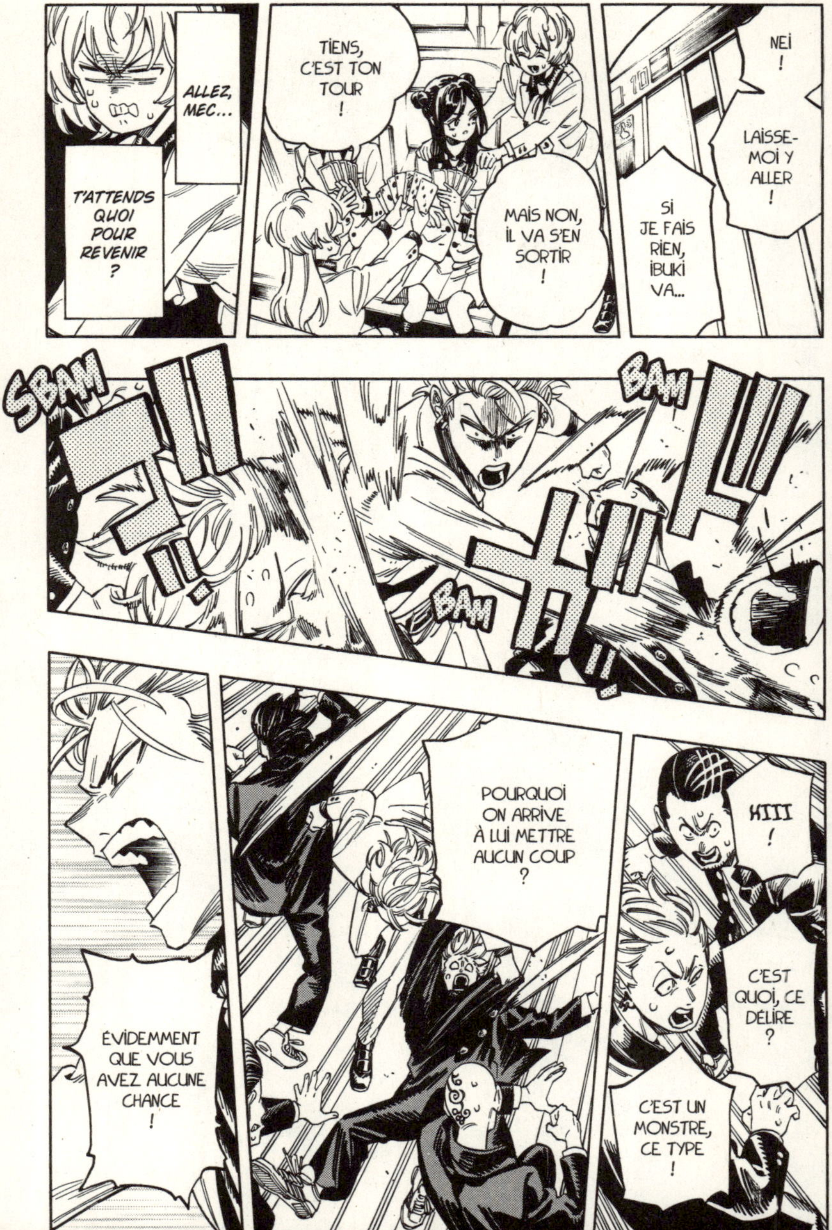
NEI !
LAISSE-MOI Y ALLER !
SI JE FAIS RIEN, IBUKI VA...
TIENS, C'EST TON TOUR !
MAIS NON, IL VA S'EN SORTIR !
ALLEZ, MEC...
T'ATTENDS QUOI POUR REVENIR ?
BAM
BAM
SBAM
KIII !
C'EST QUOI, CE DÉLIRE ?
C'EST UN MONSTRE, CE TYPE !
POURQUOI ON ARRIVE À LUI METTRE AUCUN COUP ?
ÉVIDEMMENT QUE VOUS AVEZ AUCUNE CHANCE !

J'AI DES GENS SUPER BALÈZES DANS MA CLASSE...
QUI ME FONT TRIMER TOUS LES JOURS POUR M'EN-TRAÎNER !
SBAM
OH !
TROP STYLÉ !
YEAH
VAS-Y, DÉTRUIS-LES !
FIGHT
TU ME DÉCON-CENTRES !
FRSH
MERDE !
COMME SI ON POUVAIT SE LAISSER FAIRE PAR UN LYCÉE DE BOURGES !
VRIM
VRIIIM

VRIIIIIM
HEIN ?
HÉ ! HO !
ÇA VA PAS LA TÊTE ?!
VRIIIM
DANS UNE BAS-TON...
TOUS LES MOYENS SONT BONS !
BAM
HAAAA...

TU SAOULES.
SBOM
FWOUSH
?!
FWOOO
HMM ?

JE TE RECONNAIS, T'ES LE NOUVEAU, TENREI NANAFURI.
KOF
VIENS PAS NOUS GÊNER, BÂTARD !
HMM...
OUAIS. Y A PAS À DIRE.
J'ARRIVE PAS À M'ENTENDRE AVEC VOUS.
VRAIMENT. RAPPORTER DES ARMES DANS UNE BASTON, C'EST PAS BEAU !
ÇA MANQUE D'ÉLÉGANCE !
T'ES PAS AVEC EUX, ALORS ?
J'AI BIEN LE DROIT DE CHOISIR MES POTES, QUE JE SACHE !
CLAC
CLAC
FUOUIP
HUMPF !
ET JE ME SUIS DÉCIDÉ !

T'ES BEAUCOUP PLUS FUN !
ALLEZ, SUIS LE MOUVEMENT !
STAP
STAP
STAP
GAH !
OUAH !
MES YEUX !
FTAP
AH ! HEIN ?
C'EST QUI, CE MEC, SÉRIEUX ?
SBLOM
JE TE FAIS LA PASSE !
STAP
IL EST DERRIÈRE, MAINTENANT ?

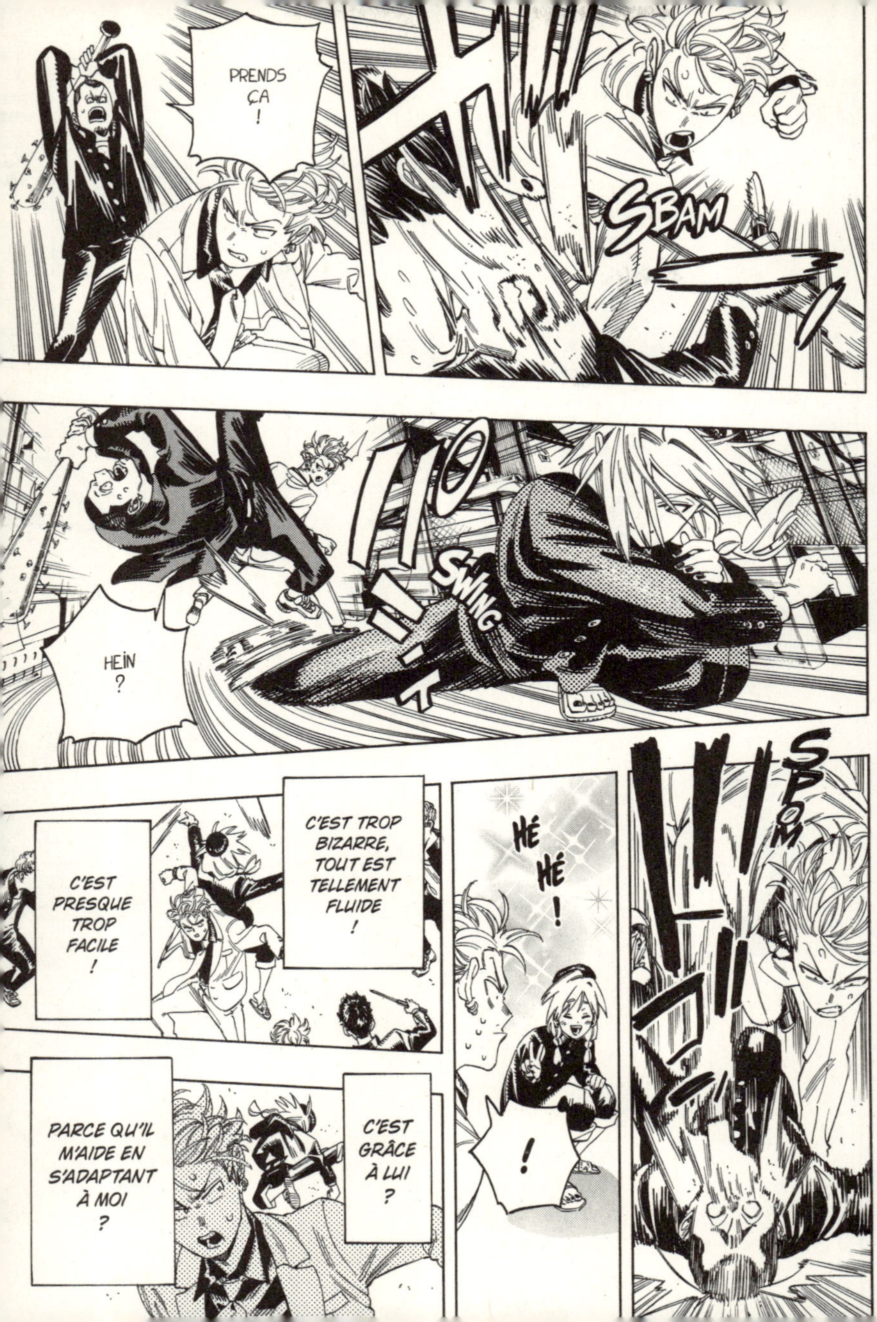
SBAM
PRENDS ÇA !
SWING
HEIN ?
SPOM
HÉ HÉ !
!
C'EST TROP BIZARRE, TOUT EST TELLEMENT FLUIDE !
C'EST PRESQUE TROP FACILE !
C'EST GRÂCE À LUI ?
PARCE QU'IL M'AIDE EN S'ADAPTANT À MOI ?

MERDE, J'AVAIS JAMAIS RESSENTI ÇA !
HA HA !

C'EST LA PRE-MIÈRE FOIS...
QUE JE M'ÉCLATE EN ME BATTANT !

SBLOM
ON EST MÉGA COMPATIBLES, TOI ET MOI !
OUAIS, C'EST TOP !
C'EST ÇA, L'AMITIÉ, LA VRAIE !
HA HA !
SI TU LE DIS.
IL A FAIT TOUT ÇA SANS LE MOINDRE EFFORT.
DOOOM
IL EST PEUT-ÊTRE ENCORE PLUS FORT QUE SUMIHIKO…
J'AI JURÉ…
GLOUPS

SBONK
C'EST PAS BIENTÔT FINI, CE BOUCAN ?! BANDE DE MINABLES !
C'EST QUOI... CE BORDEL ?
HOU...
PARDON, HYÔKA !
J'AI ESSAYÉ DE RESTER DISCRET, MAIS...
CLING-CLANG
VIENS PAR LÀ, NANAFURI, ON CHANGE DE WAGON.
Y A TROP DE SINGES ICI, ON PEUT PAS PIONCER TRANQUILLE.
HYÔKA, TOUS LES SIÈGES SONT NOMINATIFS, TU SAIS !
FRSHH
À plus !
PSSHHT
ILS SONT VRAIMENT CHELOUS, CEUX-LÀ...
MAIS BON.
HA!

ILS ONT PAS L'AIR BIEN MÉCHANTS.
DRIIING
AH ! ALLÔ, M'SIEUR OGAMI ?
OUI, OUI ! AH ?
JE CONNAIS MON TRAVAIL, QUAND MÊME !
HÉ HÉ ! JE VOUS FAIS CONFIANCE, ALORS.
VOUS ALLEZ PAS REGRETTER !
ON VA BUTER HONEKO AKABANE...
ET ON VA FAIRE ÇA BIEN !

JOUR 1 DU VOYAGE SCOLAIRE.
LES TERMINALE DU LYCÉE SÔSÔJI SONT ARRIVÉS À KYOTO !
Chapitre 14 : Le supplice de Masachika Jingû
JE ME DEMANDE COMMENT SERA L'HÔTEL !
ON VA D'ABORD AU TEMPLE !
LÀ-BAS, Y A UNE BOUTIQUE DE SOUVENIRS !
C'EST UN PEU TÔT !
TAP
ARGH...
ON SE FAIT UN PETIT RENCARD, HYÔKA ? ♡
CRÈVE.
TAP
IL EN VA DE MÊME POUR LE LYCÉE KINUKESHIMA...
TAC
ET...

POUR MOI AUSSI, MASACHIKA JINGÛ.
JE SUIS À KYOTO !
J'AI RÉUSSI À ARRIVER JUSQU'ICI SANS QU'IBUKI ME CRAME...
JE VAIS DÉBUSQUER CE TRAÎTRE ET PROUVER MA VALEUR !
ENFIN, C'EST CE QUE J'AVAIS PRÉVU, MAIS...
CES DEUX-LÀ ÉTAIENT PAS DANS MES PLANS !
CE SONT LES CHIENS D'OGAMI, NON ? JE RECONNAIS LEURS TÊTES.
ÇA VA CLAIREMENT MAL TOURNER, SI JE FAIS RIEN...
JE SAIS !

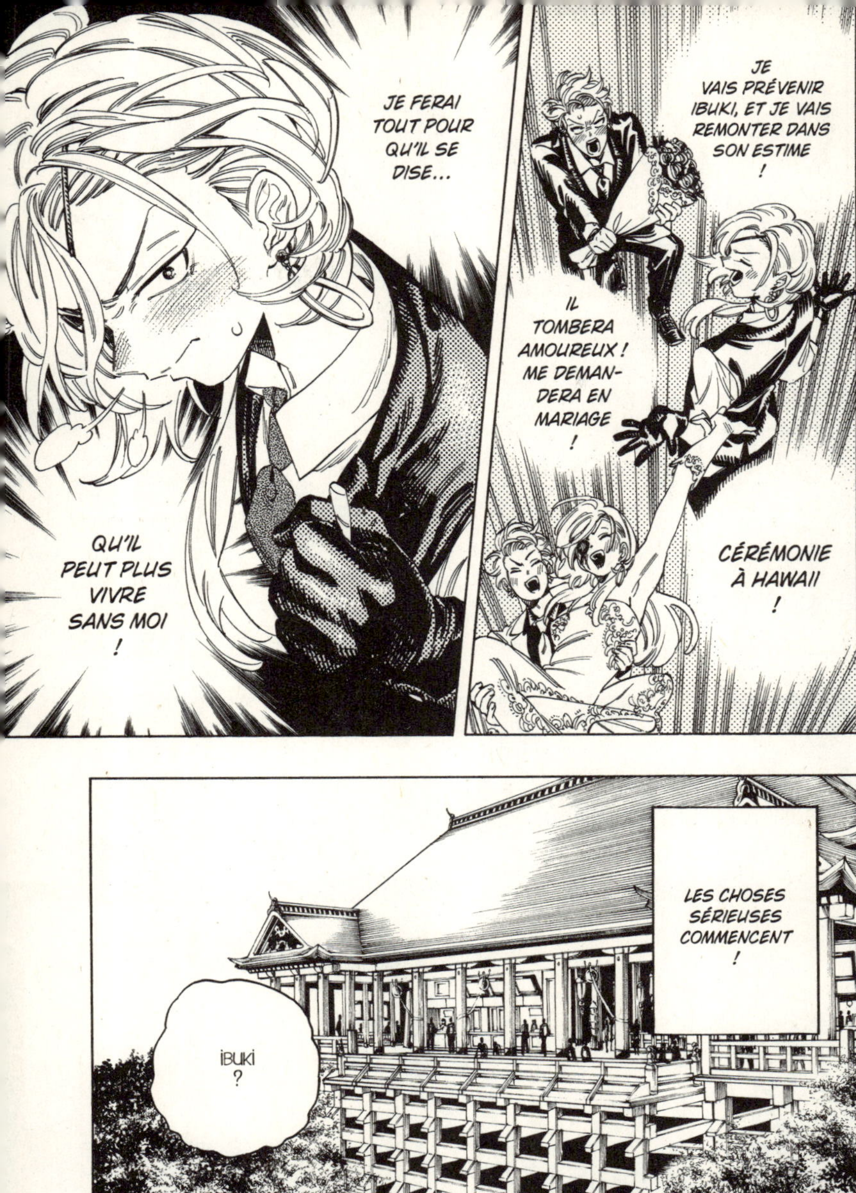
JE FERAI TOUT POUR QU'IL SE DISE...
QU'IL PEUT PLUS VIVRE SANS MOI !
JE VAIS PRÉVENIR IBUKI, ET JE VAIS REMONTER DANS SON ESTIME !
IL TOMBERA AMOUREUX ! ME DEMANDERA EN MARIAGE !
CÉRÉMONIE À HAWAII !
LES CHOSES SÉRIEUSES COMMENCENT !
IBUKI ?

キョロ FWOUP
キョロ FWOUP
C'EST DANGEREUX ! DESCENDS DE LÀ !
ARRÊTE DE FAIRE PEUR AUX GENS !
SPLAARGH
C'EST PAS DANS CET ORDRE !
À QUOI IL JOUE, DEPUIS TOUT À L'HEURE ?
IL EST AUX AGUETS, C'EST TOUT.
LÀ, IL VIENT DE VÉRIFIER QUE L'EAU ÉTAIT PAS EMPOISONNÉE, PAR EXEMPLE.
QUEL ABRUTI...
LÂCHE-MOI LA GRAPPE, À LA FIN !
AH, MAIS ATTENDS !
IL Y A DES PORTE-BONHEUR PAR LÀ !
OURGH !
TAP TAP TAP TAP

* ENVIRON 9,50 EUROS.

MERCI BEAU... COUP...
AAAH !
C'EST TOI ! T'ES LE STALKER DE LA BIBLI !
MASACHIKA ?
QU'EST-CE QUE TU FOUS ICI ?
C'EST CE QUE DISENT SES YEUX.
NON NON !
J'ESSAIE JUSTE D'AIDER, MOI !
HMPF !

VOUS ME LE PAIEREZ !
MAIS... VOTRE PORTE-BONHEUR ?
DASH
RAH, JE M'ATTENDAIS PAS À CE QU'ELLE VIENNE ME PARLER !
HAA... HAA... HAA... HAA...
J'AI FUI SANS RÉFLÉCHIR, DU COUP !
ALLEZ, TE DÉGONFLE PAS !
HM ?
HUM... HEIN ?
CROÂ CROÂ
JE SUIS OÙ, EN FAIT ?
HÔTEL DU LYCÉE SÔSÔJI.
VOUS POUVEZ ALLER AUX BAINS, MAINTENANT.
LE DÎNER SERA À 19 HEURES !
BROUHAHA
HÉ... HÉ HO ?
IBUKI ?
C'EST DÉJÀ DEVENU COMPLIQUÉ À CAUSE DE MASACHIKA.
HM ?

PSST
PSST
POURQUOI IL M'A SUIVIE JUSQU'ICI ?
COMME JE L'AVAIS PAS REVU, J'AVAIS BAISSÉ MA GARDE...
HÉ !
BAM
C'EST PAS LA PEINE DE T'INQUIÉ-TER.
IBUKI.
QUOI QU'IL ARRIVE...
JE SERAI LÀ POUR TE PROTÉGER.
OK ?
TODOM
OUI.
JE SAIS !

HONEKO ! VIENS, ON VA AUX BAINS !
J'ARRIVE !
FWIP
À PLUS, IBUKI !
女湯
TADAM
HAA...
IL SAIT QUOI DIRE DANS CES MOMENTS-LÀ.
CLAC CLAC
FRANCHEMENT, ÇA M'A RASSURÉE.
IL A RAISON.
ON EST EN VOYAGE, JE DOIS ARRÊTER DE M'INQUIÉTER ET PROFITER !
PSHHH
PLIC
HAAA...

カポーン
SPLOSH
ÇA FAIT DU BIEN !
ÇA FAIT UN BIEN FOU !
HEIN ?
HONEKO AKABANE ?!
C'EST ENCORE TOI...
C'EST ÇA, VOTRE HÔTEL ?!
SPLASH
EUH...

AT-TENDS...
C'EST UNE FILLE ?!
DASH
RAAAH !
J'AI MÊME PLUS LE DROIT DE ME DÉTENDRE DANS LES BAINS !
AH !
OUAH !
HEIIIN ?!
QU'EST-CE QU'ELLE FOUT LÀ ?!
OUAH
PFFT !
GAAAH
ÇA A L'AIR AGITÉ DE LEUR CÔTÉ.
ON S'EN FICHE.
AH ?
OÙ EST PASSÉ IBUKI ?
IL EST SORTI AVEC SUMIHIKO.
SÉRIEUX, ENCORE ?
"ENCORE" ?

ILS ARRÊTENT PAS DE FAIRE DES CACHOTTERIES.
MASACHIKA NOUS A SUIVIS À KYOTO ?
OUAIS, ELLE EST IRRÉCUPÉRABLE, SÉRIEUX.
CRAC
JE LA LAISSERAI PAS FILER, LA PROCHAINE FOIS !
ON PEUT PEUT-ÊTRE ÉTOUFFER CETTE MENACE DANS L'ŒUF ?
J'AIMERAIS QU'ON SE CONCENTRE SUR LE TRAÎTRE...
TU FAIS FLIPPER, MEC.
AU FAIT, TU M'AS PARLÉ D'UN GARS QUI T'A AIDÉ CONTRE LES MECS DE KINUKESHIMA ?
OUAIS.
C'ÉTAIT UN TYPE SUPER BIZARRE...

CLANG
VOUS EN AVEZ MIS, DU TEMPS !
HEIN ?
MASA-CHIKA ?!
QU'EST-CE QUE TU FOUS DANS MA CHAMBRE ?!
J'AI EU UNE DURE JOURNÉE À CAUSE DE TOI, JE TE SIGNALE !
OUAH, TU PUES L'ALCOOL !
ELLE EST COMPLÈTEMENT IVRE.
POURQUOI T'ES DANS NOTRE HÔTEL ?
TU VEUX NOUS EMMERDER JUSQU'AU BOUT, ABRUTIE ?
HOU
"ABRUTIE"...
HOUU

RAAAH, T'AS RAISON ! JE SUIS QU'UNE IDIOTE QUI SERT À RIEN !
OUAAAAH !
JE RATE TOUT !
JE VOULAIS DÉBUSQUER LE TRAÎTRE DISCRÈTEMENT !
JE ME SUIS PERDUE, J'AI PERDU MON PORTE-FEUILLE...
PAM
PAM
ET PIRE QUE ÇA, AKABANE M'A VUE !
JE SUIS QU'UNE GAMINE POURRIE GÂTÉE QUI PROFITAIT DU CLAN !
QUELLE PLAIE...
HAA
FWAP
FWAP
JE VAIS DORMIR !
FRSH
CASSEZ-VOUS ! JE M'EN FOUS !
HÉ, C'EST MON PIEU !

JE VOUS DIRAI RIEN SUR LES ASSASSINS...
QUI SE SONT INCRUSTÉS DANS VOTRE VOYAGE !
DE QUOI TU PARLES ?
TU LES AS VUS OÙ ?
ゆっさ
FRSH
C'EST QUI ? DIS-MOI, MASACHIKA !
ゆっさ
FRSH
HOU LÀ !
FLAP
OH TU VEUX VRAIMENT LE SAVOIR À CE POINT ?
HÉ HÉ HÉ HÉ !
SI TU VEUX QUE JE TE LE DISES...
"AKABANE EST MILLE FOIS PLUS MON TYPE !"
ÇA Y EST, ELLE PREND LA CONFIANCE !
...
ALLEZ, CRACHE LE MOR...
GRIP

AIME-MOI...
MILLE FOIS PLUS FORT !

HMMM
SPOUIC
HEIN ?
FRSH
NNGH...
NNNGHH !
FRSH
DES ASSASSINS QUI SE SONT INCRUSTÉS ?
SON CHOIX DE MOTS EST INTÉRESSANT. ELLE LES A RECONNUS ?
NNGH !
BANG
BAM
CE QUI VOUDRAIT DIRE QU'AU MOINS L'UN DE NOUS...
A DÛ CROISER DES GENS D'OGAMI OU NOZU.
NNGH ! (SUMIHIKO !)

SBAM
İBUKI !
!
C'EST URGENT !
TAP TAP
HONEKO, CALME-TOİ !
LE...
LE STALKER EST LÀ !
DANS NOTRE HÔTEL !
ET, EN PLUS...
C'EST UNE FİLLE !
FRASH
AH !
AKABANE ?!

À suivre dans le tome 3...

SECRET BODYGUARD

Titre original :
HAKABANE HONEKO NO BODYGUARD, vol 2

First published in Japan in 2023
by Kodansha Ltd., Tokyo.
Publication rights for this French edition
arranged through Kodansha Ltd., Tokyo.

KODANSHA

Traduction du japonais : Manon Teisseire
Adaptation graphique : Clair Obscur
Maquette de couverture : Yasue Hagiwara
Suivi éditorial : Iman Thieffry
Direction éditoriale : Mehdi Benrabah

Édition française
2025 Pika Édition
Pika Edition, SAS : Immeuble Louis Hachette,
58, rue Jean Bleuzen, 92178 Vanves Cedex. France
mypika@pika.fr
ISBN : 978-2-8116-8571-3 / 01
ISSN : 2100-2932
Dépôt légal : mars 2025

Tome disponible en version numérique

Achevé d'imprimer en Italie
par Grafica Veneta S.p.A en mars 2025

PAPIER À BASE DE
FIBRES CERTIFIÉES

Pika Édition s'engage pour l'environnement en
réduisant l'empreinte carbone de ses livres.
Rendez-vous sur www.pika-durable.fr

PIKA EDITION
www.pika.fr